우진 현대 판타지 장편소설

WISHBOOKS MODERN FANTASY STORY

다시 태어난 베토벤

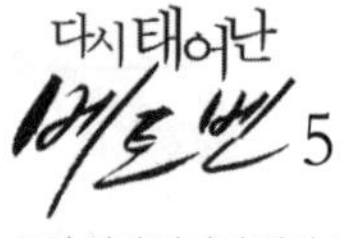

우진 현대 판타지 장편소설

초판 1쇄 찍은 날 | 2019년 7월 16일
초판 1쇄 펴낸 날 | 2019년 7월 23일

지은이 | 우진
펴낸이 | 예경원

기획 | 위시북스
편집책임 | 이규재
편집 | 위시북스

펴낸곳 | 예원북스
등록번호 | 제396-2012-000132호
등록일자 | 2012. 7. 25
KFN | 제1-439호

주소 | 경기도 고양시 일산동구 호수로 646-24 위너스21II빌딩 206A호 (우)10401
전화 | 031-819-9431 팩스 | 031-817-9432
E-mail | yewonbooks@naver.com

ISBN 979-11-6424-588-8 04810
979-11-6424-234-4 (set)

※ 이 도서의 국립중앙도서관 출판시도서목록(CIP)은 서지정보유통지원시스템 홈페이지(http://seoji.go.kr)와 국가자료공동목록시스템(http://www.nl.go.kr/kolisnet)에서 이용하실 수 있습니다.

우진 현대 판타지 장편소설

WISHBOOKS MODERN FANTASY STORY

다시 태어난 베토벤

5

Wish Books

다시 태어난 베토벤

CONTENTS

· 24악장 ·

9살, 첫 콩쿠르

제1회 전국 학생 피아노 콩쿠르, '칸토'는 한국 음악 협회가 2014년에 신설한 등용문이었다.

2010년.

혜성처럼 등장한 한 천재는 클래식 음악계에 새로운 활력을 불어넣었고 전 세계는 다시금 '영재 육성'에 매진하게 되었다.

그로 인해 2012년, 2013년에 걸쳐 각국에서는 청소년뿐만 이 아니라 유아를 상대로 한 영재교육을 시도했고.

더불어 여러 콩쿠르도 개최하였다.

아직은 시작 단계라 주목할 만한 신인이 나타나지 않았지만 배도빈의 명성이 널리 알려질수록 이러한 일은 더욱 힘을 얻었다.

결국 2014년 대한민국, 독일, 러시아, 미국, 벨기에, 스위스, 영국, 이탈리아, 일본, 중국, 폴란드, 프랑스 등 총 31개 국가의 클래식 음악 협회가 한 가지 사항에 대해 합의했는데 그것이 바로 세계 클래식 음악 콩쿠르, 'CREEK'를 개최하는 것이었다.

'크리크'는 2014년 6월에 각국에서 '지역 예선(칸토)'을 거쳐 선발된 인원이 7월 오스트리아 빈에서 본선과 결선을 거치게 되는데, 부문은 피아노와 바이올린, 첼로로 다소 협소했다.

또한 상금은 우승자에게 3만 유로, 파이널리스트에게는 각각 1만 유로가 주어지게 되는데 그 규모에 비해 적은 편이었다.

그러나 세계 각국의 영재들에게는 반드시 참가해야 하는 이유가 있었다.

그에 따르는 명예 때문.

첫 번째 명예는 무대였다.

'지역 예선' 입상자에게는 8월 '잘츠부르크 페스티벌'에서 빈 필하모닉의 공연에 앞서 연주할 수 있는 영광이 주어졌다.

100년 가까이 된 이 유서 깊은 축제에서 빈 필하모닉의 공연을 들으려면 최소 6달 전에 예매를 해야 하는데, 그 영광의 무대에 설 수 있는 것이었다.

프로 연주자의 꿈을 꾸는 이들에게는 매력적인 이야기일 수밖에 없었다.

두 번째 명예는 기회.

각 나라의 예선(칸토)의 우승, 준우승자가 모여 기량을 겨루는 '크리크'에서 결선에 진출한 참가자에게는 가장 권위 있는 콩쿠르에 참가할 수 있는 자격이 주어졌다.

피아노 부문의 경우에는 5년마다 폴란드 바르샤바에서 열리는 피아노의 올림픽, '국제 쇼팽 피아노 콩쿠르(International Chopin Piano Competition)'에 참가할 수 있었다.

대부분의 국제 콩쿠르에 16세 이하는 참가할 수 없다는 규정이 있고 그 이하는 하부 콩쿠르가 따로 개최되지만.

'크리크'의 결선 진출자에게만큼은 예외적 참가가 허용되었기에 영재들에게는 세계 무대에 좀 더 빨리 입문할 수 있는 유일한 기회였다.

국제 쇼팽 피아노 콩쿠르를 비롯해 여러 권위 있는 콩쿠르에서 이와 같은 예외를 둔 것은 다름 아닌 배도빈 때문.

나이가 어리다는 이유로 배도빈과 같은 인물이 메이저 콩쿠르에 출전하지 못하는 것을 막기 위한, 나름의 준비였다.

정작 본인은 이러한 일을 알지 못했지만, 배도빈이란 인물이 단 3~4년 만에 클래식 음악계를 변화시킨 것은 부정할 수 없는 사실이었다.

♪

"사임한다고?"

"네. 선수로 참가할 거예요."

"어? 갑자기?"

지금껏 콩쿠르에 나가지 않겠다고 말해왔기에 히무라는 조금 당황한 듯했다.

그러나 내게 있어선 갑작스러운 일은 아니었다.

홍승일을 만난 것부터 일본 센다이 콩쿠르, 가우왕과의 경연 그리고 결정적으로 최지훈과의 약속도 있었다.

적당한 때에 한 번쯤은 나갈 생각이었다.

갑작스럽다고 한다면 특별 심사위원으로 위촉된 것이 더 뜬금없는 일이다.

"네. 지훈이랑 약속했어요."

"으음. 하지만 거절하기가 쉽지 않을 텐데. 협회랑은 관계를 잘 쌓아나가야 해. 앞으로 여러모로 도움을 받을 일도 있고 귀찮은 일을 그들이 막아줄 수도 있으니까."

"홍승일 할아버지는 쓰레기 같은 놈들이라 하던데요? 그랬죠?"

"……."

"이놈! 내가 선생님이라 부르라 그렇게 말하지 않았느냐! 아, 히무라 대표, 그 협회 놈들 말 들을 거 하나도 없소. 어차피 지들 이득을 위해선 음악가들은 조금도 신경 쓰지 않으니까."

"봐요."

"아니, 아무리 그래도……."

"도빈이가 콩쿠르에 참가하겠다고 하지 않은가! 이보다 더 중요한 일이 있나?"

"더 중요한 일이 있어요?"

히무라는 이런저런 이유를 대가며 나와 홍승일을 설득하려 했지만 결국 홍승일을 등에 업은 내 등쌀에 밀려 고개를 끄덕였다.

"알겠습니다. 확실히 도빈이가 하고 싶은 걸 하는 게 좋겠죠. 대신 도빈아, 이야기는 내가 할게. 이런 일은 내게 맡기기로 했잖아?"

"그럼 같이 가요."

"……그래."

"좋구만! 그래, 빨리 다녀와서 과제 곡을 준비하자."

"혼자 할 거예요."

"내가 봐주면 더 좋다니까!"

"……."

아군일 때는 이 막무가내가 도움이 되지만 적일 때는 참 번거롭다.

아무튼 그렇게 특별 심사위원으로 위촉된 지 3일 만에 한국 클래식 음악 협회라는 곳을 찾았다.

"도빈아, 절대 화난다고 말 막 하면 안 돼?"

"애도 아니고 안 그래요."

"애 맞잖아."

"……."

히무라와 박선영은 내가 멋대로 사나이들 사이의 약속을 망가뜨린 '그들'에게 무슨 말을 할지 초조해했지만 히무라와 약속도 했고, 이야기가 잘 풀리면 가만있을 생각이다.

어디까지나 잘 풀렸을 때의 일이지만 말이다.

"아, 도빈 군. 어서 오게."

안내를 받아 협회장실로 들어서자 백발이 성성하고 마른 노인이 우리를 맞이했다.

"안녕하세요."

"음. 아주 씩씩해 보이는구만."

씩씩한 게 아니라 씩씩대는 중이다.

"안녕하십니까, 한지석 협회장님. 샛별 엔터테인먼트의 히무라 쇼우입니다."

"히무라 대표도 반갑소. 어서 이리 앉지."

한지석 협회장과 마주 앉자 한 여성이 음료를 가져다주었다.

오렌지 주스라서 한 모금 마셨더니 매우 달다.

조금은 손님 대접을 할 줄 아는 사람이다.

"그래, 어쩐 일로 찾아오셨는가. 히무라 대표, 도빈 군."

한지석 협회장이 묻자 히무라가 조심스레 이야기를 꺼냈다.

당장 취소하라고 말하고 싶지만 방문하기 전에 히무라가 한사코 자기가 이야기하겠다고 해서 어쩔 수 없이 지켜보았다.

"실은 부탁드릴 일이 있어 찾아뵈었습니다."

"부탁?"

"네. 도빈이에게도 이런 중요한 일의 심사를 맡는 게 도움이 되겠지만 아무래도 참가하고 싶다는 이야기를 해서 말이죠."

"허어."

협회장이 탄식했다.

"이거 너무 늦게 알린 모양이군. 대우는 섭섭하지 않게 하겠네. 특별 심사위원이라고는 하지만 정식 위원과 동등하게 발언권도 주어질 테고. 일정도 최대한 배려하겠네. 도빈 군의 이름값이야 전 세계가 알고 있으니 말이야."

"그 점은 감사합니다만 도빈이가 콩쿠르에 참가하고 싶은 의지가 강해서 말이죠. 그 뒤의 쇼팽 콩쿠르도 있다 보니까요. 피아니스트로서의 도빈이를 위해 부디 헤아려 주시기 바랍니다."

"쇼팽 콩쿠르까지 나간다는 말은 안 했."

"쉿!"

"……."

가만히 있자.

"흐음. 이거 어쩔 수 없군. 쇼팽 콩쿠르까지 염두에 두고 있다면 확실히 도빈 군의 앞길을 막는 일이니……. 좋소. 이 일은 없던 걸로 하지."

"감사합니다."

"대신."

"예?"

"이라고 하기엔 뭐하지만 부탁할 게 있네만, 들어주시겠는가?"

"네. 말씀하십쇼."

"콩쿠르 홍보를 위해서라도 홍보대사로서는 활동을 해주었으면 좋겠네. 이미 도빈 군의 사진이 포스터로 배포되고 있기도 하고 말이야. 회수야 돈 문제니 해결이 어렵지 않지만 이미지라는 게 있으니까."

"네. 그 문제는 걱정하지 않으셔도 됩니다."

"그리고."

"네."

"협회에서 추석에 대규모 공연을 준비하고 있다네. 박건호 선생과 차명운 선생을 필두로 대한국립교향악단 등 내로라하는 음악가는 대부분 모이는데, 도빈 군도 함께해 주지 않겠는가?"

화장하고 사진 찍혀주었으면 되었지 바라는 것도 많다.

"도빈아, 어쩔래?"

특별 심사위원으로 위촉한 것도 마음대로 했으면서, 뭔가 이번 일로 이것저것 챙기려는 하는 것 같아 기분이 좋진 않지만.

일단은 최지훈과의 약속을 지키는 게 우선이다.

"돈은 얼마나 줘요?"

"하하하하! 섭섭하지 않게 챙겨주겠네."

한지석 협회장이 손가락을 하나 들어 보였다.

"1억?"

"크, 크흠."

"그럼 천?"

한지석이 고개를 끄덕였다.

보기보다 옹졸한 인간이다.

"좋아요. 대신 협연은 안 하고 독주만 할게요."

협연을 하면 다른 사람과 맞춰야 하니 시간이 든다. 천만 원이 적은 돈은 아니지만 뭔가 더 배려해 주기에는 지금 기분이 몹시 언짢다.

"고맙네."

그렇게 이야기를 마무리했다.

"그럼 참가 신청은 이쪽에서 처리해 두겠네."

"네. 그렇게 해주세요."

협회 건물에서 나오고 집으로 돌아가는 와중에 히무라가 박선영에게 한지석과의 거래가 어떻게 이루어졌는지 알려주었다.

"뭔가 추석 공연에서 널 내보내려고 했던 느낌이 없지 않아 있는 걸 보니 한지석 협회장도 어지간해."

히무라도 그렇게 느낀 모양이다.

"뭐, 나쁜 일은 아니니까요."

"아마 협회에서 주관하는데 네가 안 나오면 곤란해져서 그런 모양이야. 그건 그렇고 조건 이야기는 잘했어. 괜히 시간 더 뺏길 이유는 없으니까. 제법이던데?"

"가끔 정말 애가 맞는지 모르겠어요. 팬들이 카페에 도빈이한테서 편지 받았다고 난리도 아니에요. 팬 관리에 음악하는 사람들 대하는 거 하며 요즘 사람들이 도빈이 보고 조련사라 한다니까요?"

"하하하! 좋은 일이네."

샛별 엔터테인먼트가 떠나고 한국 클래식 음악 협회 운영실장이 한지석을 찾았다.

"어떻게 되었습니까?"

"뭐, 잘 해결되었네."

"다행이네요. ICMCOC에서 배도빈 군의 참가를 요구했을 땐 어쩌나 싶었는데 말이죠."

한국 클래식 음악 협회는 얼마 전 ICMCOC(International Classic Music Competition Organizing Committee: 국제 클래식 음악 경연 조직

위원회)로부터 시정 요청을 받았다.

그 내용은 곧 배도빈을 특별 심사위원으로 위촉하여 대회 참가를 막은 것에 대한 시정 요구였다.

그러나 배도빈을 심사위원으로 임명한 것은 한국 클래식 음악 협회로서도 어쩔 수 없는 타협안이었기에 한지석과 협회 사람들은 난감할 수밖에 없었다.

배도빈이 참가 신청을 하기도 전에 몇몇 학부모가 배도빈의 '지역 예선' 참가를 반대했기 때문이었다.

무시하면 될 일이지만, 협회에 정기적으로 후원을 하는 이들이 많아 이유 없이 거절하기도 어려운 실정이었다.

그래서 협회가 내놓은 방법은 배도빈을 심사위원직에 앉히는 것.

그러나 이 방법은 ICMCOC의 설립 목적에 위배되었다.

'배도빈과 같은 천재를 발굴'하는 것이 목적이었던 만큼 ICMCOC는 내심 배도빈이 이번 경연에 출전해 제1회 크리크가 성공하길 바랐다.

그래야 이 대규모 사업을 진행하는 ICMCOC에 들어오는 후원과 스폰이 늘어날 테니 말이다.

그들로서는 배도빈이 심사위원으로 위촉된 것에 민감하게 반응할 수밖에 없었다.

상황이 이렇게 돌아가자 한국 클래식 음악 협회는 또다시

선택의 기로에 섰는데.

유력 후원자들의 요청과 ICMCOC의 요청 중 무엇을 선택하느냐의 갈림길이었다.

그러던 차 배도빈과 샛별 엔터테인먼트가 협회를 방문한 것이었다.

'이렇게 된 거 얻을 수 있는 거라도 챙겨야지.'

후원자들의 청탁이 받아들여지지 않아 반발은 있겠지만 그것은 음성적인 일이다.

또한 협회로서는 특별 심사위원으로 배정해 최소한의 성의는 보였지만 ICMCOC와 샛별 엔터테인먼트가 공식적으로 참가를 요청했다는 식으로 답하면 후원자들도 덜 서운해할 터이니.

한지석 협회장은 도리어 배도빈이 찾아와 준 것이 감사할 지경이었다.

더욱이 협회가 추진하고 있는 추석 공연에 배도빈을 섭외할 수 있었으니 협회로서는 만족스러운 형태로 일이 마무리된 것이었다.

"뭐, 오늘은 회식이나 하자고. 하하하하!"

크리크 지역 예선의 피아노 부문, 그러니까 6월 전국 학생 피아노 콩쿠르(칸토)에 나갈 수 있게 되었다고 하자 최지훈이 고개를 굳게 끄덕였다.

김이 새긴 했지만 각오를 다진 녀석을 보며 나도 최선을 다하겠다고 다시 한번 상기했다.

"이 녀석아, 변주는 대체 왜 넣는 거야!"

"이게 더 듣기 좋잖아요."

"그건 그렇지."

전국 학생 피아노 콩쿠르의 1차 예선은 3월 22일(토)과 23일(일)에 나눠서 치러지는데 과제 곡은 하나였다.

쇼팽 에튀드 C장조 Op. 10 No.1

일반적인 8세부터 19세까지의 학생들이 완벽히 연주하기에는 제법 난이도가 있는 곡이다.

아마 분별력을 위한 선정인 듯하다.

화음의 폭이 넓어 내 작은 몸을 더욱 격하게 움직여야 소화할 수 있겠지만 다소 성장하기도 했고 이 내가 소화 못 할 곡이 있을 리 없다.

"아니, 아니지. 그게 아니라 변주를 하면 감점 요인이라 그러네! 말 좀 들어!"

"……알겠어요."

거참 재미없는 연주다.

작곡가의 의도를 정확히 파악하는 것도 훌륭한 연주지만 그래서는 어느 지점을 뛰어넘은 피아니스트들이 모두 같은 연주를 하게 된다.

컴퓨터처럼 말이다.

물론 변주를 하지 않고도 곡의 완성도를 높이는 일은 가능하지만 이런 제약이 있어서야 지루할 뿐이다.

심사위원을 했다면 똑같은 곡을 하루종일, 그것도 이틀이나 들었어야 했을 테니 상상만 해도 끔찍하다.

그렇게 연습을 마치고.

3월 22일, 홍승일, 박선영과 함께 서울 지역 1차 예선장으로 향했다.

어머니 아버지와 채은이네 가족까지 함께했다.

외할아버지는 일 때문에 못 온다고 하셨는데 전화기로 들리는 말투가 무척 아쉬워 보였다.

"굳이 오지 않아도 괜찮은데."

"무슨 소리니. 우리 아들이 대회에 나갔는데 열심히 응원해야지. 그렇지, 채은아?"

"네!"

"재미없을 텐데."

아무리 좋은 곡이라도 기계처럼 똑같이 반복되는 걸 수십 번이나 들으면 질릴 것이다.

다행히 오전 순서라 그럴 일은 없겠지만 나보다 앞서 연주하는 사람만 스무 명이 넘으니 가족들에게는 고역일 것이다.

더군다나.

"배도빈. 배도빈이잖아?"

"쟤도 참가하는 거였어?"

"왜 하필 서울인데?"

이런 식의 뻔한 반응을 들려주기 싫기도 했고.

"도빈 군, 이쪽 한번 봐주세요!"

"콩쿠르에는 첫 참가인데 내년, 쇼팽 국제 피아노 콩쿠르를 목적으로 한 준비인가요?"

"오늘은 죄송합니다! 콩쿠르에 집중할 수 있게 인터뷰 나중에 부탁드릴게요!"

이렇게 기자들이 몰려들어 카메라 셔터를 눌러대거나 마이크를 가져다 대는 걸 보여주고 싶지 않기도 했다.

채은이는 갑자기 사람들이 주변에서 소리를 치거나 환호를 한다든지, 내 흉을 보거나 혹은 질문을 해대는 바람에 겁에 질렸다.

내 옷을 꼭 쥐고 뒤에 숨는다.

나도 아직 이러한 상황에 익숙하지 않으니 이러는 것도 무리는 아니다.

간신히 상황이 정리되었고 함께한 사람들과 인사를 나눈

뒤 대기실로 향했다.

참가자 연령 제한은 8세부터 19세까지일 텐데 초등학교 저학년은 거의 없었다.

"……저기 봐, 배도빈이야."

"진짜 왔네."

"대체 이런 데는 왜 와가지고."

"그러니까. 예선 통과하면 뭐 해. 어차피 우승은 재가 할 텐데."

벌써부터 의지를 잃은 놈들에게는 관심 없다.

눈을 감고 오늘 연주할 쇼팽 에튀드를 다시금 떠올리고 있자니 대기실에 마련된 모니터에서 첫 번째 참가자의 연주가 들렸다.

미스. 미스. 미스.

건반을 제대로 누르지 못하면서 박자조차 엉망이다.

다음 참가자도. 그다음 참가자도 개중에 조금 나은 아이는 있어도 모든 참가자가 기본적인 소양도 갖추지 못했다.

'내 생각보다 최지훈의 수준이 높은 것 같은데.'

그간 내가 상상한 '저 나잇대 아이의 실력'에 비췄을 때 평범한 수준이라 생각했던 최지훈이 대단한 수재로 느껴질 정도.

보석처럼 여기는 채은이의 재능이 더욱 빛나는 듯했다.

"27번 참가자 배도빈 군. 단상으로 올라와 주시길 바랍니다."

자리에서 일어나자 시선이 집중되었다. 혼잣말 혹은 속닥이는 소리가 정확히 들려왔다.

"흥."

"재 차례야."

"얼마나 잘할까?"

최지훈도 내일 이런 분위기 속에서 연주할까.

녀석이라면 이런 수준의 예선이야 우습게 통과하겠지만 이런 시기와 질투를 잘 넘길지 걱정되었다.

하지만 이내 그런 마음도 잊었다.

녀석의 가정환경은 대충 안다.

그런 집에서도 밝고 올곧게 자란 녀석이 이런 일로 흔들릴 거라곤 생각할 수 없다.

무대 위로 올라선 뒤 나를 응원하러 와준 가족과 채은이네 가족 그리고 홍성일에게 인사를 한 뒤 앉았다.

'역시나.'

'이만한 난이도의 곡을 이렇게 완벽하게 연주하다니.'

'음음.'

심사위원을 참석한 이들은 오전 내내 인상을 쓰고 있다가 배도빈이 나타나자 너무도 반가워했다.

이미 거장으로 불리며 세계적으로 명성을 쌓아나가고 있는 천재의 연주를 직접 들을 수 있었기에 기대했는데.

아니나 다를까.

평소 그의 연주와 비교하면 다소 심심하지만 과제 곡을 놀라울 정도로 수준으로 완성시켰다.

이런 완성도를 감히 어디서 찾을 수 있을지.

심사위원들의 머릿속에 크리스틴 지메르만, 글렌 골드 등 명장들의 얼굴이 떠올랐다.

'콩쿠르라서 개성을 배제한 거겠지. 좋은 자세야.'

심사위원들은 배도빈을 반가워하면서도 걱정했는데, 평소 그의 연주가 지나치게 격렬했기 때문이었다.

배도빈이 본연의 연주를 한다면 구경 온 관중들의 귀야 즐겁겠지만, 심사위원들은 심사 기준에 따라야만 했다.

악보를 정확히 연주하는 능력.

이번 지역 예선 1, 2차에서의 유일한 심사 기준이었으며 100점 만점에서 시작, 미스가 날수록 상황에 따라 1점, 5점, 10점씩 감점.

70점 미만일 경우에는 탈락시켜야 하는데, 연주자의 편곡이 허용되기에는 어려움이 많았다.

배도빈이 특별하다 해서 그에게만 다른 기준을 적용할 수도 없었기에 심사위원들은 기준에 맞춰 연주해 준 배도빈에게 모두 만점을 주었다.

당연하게도 완벽한 연주였다.

"잘했다. 그런 식으로 가면 되는 거야."

"굳이 그렇게 강조하지 않아도 알고 있다고요."

연주를 마치고 일행과 합류했다.

콩쿠르를 준비하는 와중에 홍승일은 내게 콩쿠르에 대한 지식을 알려주었는데 무척 의욕적이라 안 그래도 기운 좋은 영감이 더 성가셔졌다.

"수고했어."

"우리 도빈이가 최고네. 하하."

박선영과 아버지도 축하한다.

어머니는 나를 꼭 안고 대견하다며 머리를 쓰다듬어주셨는데 이런 일로 좋은 말을 들으니 난감하다.

'곡 발표했을 때보다 반응이 좋잖아.'

그렇게 어색하게 있는데 채은이의 표정만은 별로 좋지 않은 것이 눈에 들어왔다.

"왜 그래?"

"재미없었어."

"왜?"

"오빠 피아노 아니야."

"나도 그렇게 생각해."

역시 채은이만은 나와 같은 생각인 모양이다.

"그럼 밥 먹으러 갈까? 채은 엄마, 근처에 한정식집 있는데 같이 가자."

"좋네. 채은아, 손."

그렇게 대규모 이동을 하려는데 멀리서 오래전에 들었던 목소리가 나를 불렀다.

"야호!"

"어."

뒤돌아보니 아사히 신문의 연예부 기자, 이시하라 린이 머리카락을 휘날리며 뛰어오고 있었다.

전에는 단발이었는데 지금은 어깨까지 내려왔다.

"어머. 이시하라 씨잖아?"

"이시하라?"

어머니도 알아보셨는지 반가운 표정이셨고 그녀를 만나보지 못한 아버지는 어머니께 이시하라 린에 대해 물었다.

"일본에서 도빈이 기사 내주시던 분이에요. 웬일이지?"

카메라를 들고 있는 남자와 허겁지겁 달려온 이시하라 린은 숨도 고르지 않고 인사를 건넸다.

"안녕, 도빈, 아. 오랜만, 이지?"

"진정해요."

"응. 후우. 잠깐만."

안쓰러울 정도다.

잠시 후 기력을 회복한 이시하라 린이 다시금 인사를 건넸다.

"안녕하세요, 어머님. 이분은 아버님이신가요? 아사히 신문의 이시하라 린이라고 합니다. 도빈이도 안녕?"

드물게 카메라를 들고 있는 사람이 이시하라 린의 말을 부모님께 전달했다.

"안녕하세요, 이시하라 씨. 한국에는 어쩐 일이세요?"

"도빈이가 콩쿠르에 출전했다고 해서 왔죠. 이런 걸 제가 놓칠 수 있나요?"

그런 것치고는 최근 찾아오는 빈도가 줄었다.

"요즘은 안 왔잖아요."

"그동안 전담했던 사람이 있었거든. 뭐, 괜찮은 애지만 너만 하겠니? 너한테 취재 못 나가게 하면 사표 쓴다고 한바탕 했지."

자세히는 모르겠지만 나름의 사정이 있었던 모양이다.

"어라어라. 누나 보고 싶었던 거야? 서운했어?"

"전혀요."

"2년 전부터 일본에서 피아노로 유명한 애가 나타났거든. 난리도 아니라서 어쩔 수가 없었……. 잠깐. 일본어는 언제부터 할 수 있게 된 거야?"

"사카모토랑 히무라한테 배웠어요."

"와. 음악하는 사람들은 귀랑 기억력이 좋아서 언어도 금방 배운다더니, 정말인가 보네? 억양도 발음도 너무 좋잖아."

그런가?

"안녕하세요, 이시하라 기자님. 샛별 엔터테인먼트의 박선영 대리입니다."

이시하라 린과 이야기를 나누고 있는데 박선영이 나섰다. 돌아보니 채은이네 가족과 홍승일이 조금 떨어진 채 상황을 지켜보고 있다.

"어머. 안녕하세요."

"혹시 인터뷰하시려고 오신 건가요?"

"아, 네. 하하. 조금…… 뜬금없었죠? 하지만 조금이면 되니까."

"죄송하지만 지금은 어려울 것 같아요. 조금 전에도 기자 분들에게 양해를 구하고 나왔거든요. 혹시 꼭 필요하시다면 2시간 뒤에 괜찮으실까요?"

"2시간……."

이시하라 린이 나를 애틋한 눈으로 보며 도움을 요청했지만 배도 고프고 기다리는 사람도 있다.

"히무라가 사무실에 있어요. 거기서 기다리면 밥 먹고 갈게요."

"아."

“여기까지 왔으니까 히무라한테 밥 사달라고 해요.”

“그럴까?”

좋은 게 좋은 거라고.

일본에서 처음 활동했을 때는 도움을 많이 받았기에 이 정도라도 대접해야겠다고 생각했다.

박선영도 그 정도라면 받아들일 수 있는지 사무실 주소를 알려주었다.

“그럼 이따 봐!”

손을 흔들며 멀어지는 이시하라 린과 헤어지고 밥을 먹으러 갔다.

“도빈이가 유명한 건 알고 있었지만 오늘 사람들이 환호하는 거 하며 기자들이 오는 거 보니 실감하게 되네.”

“말도 마. 도빈이 입학식 날에 어땠는지 말하지 않았나?”

어머니와 아주머니는 다시금 수다를 시작하셨고 나는 손을 잡으려는 채은이와 함께 그 뒤를 쫓았다.

· 25악장 ·

9살, 지역 예선 종료

식사를 마치고 박선영과 함께 샛별 엔터테인먼트 사무실로 향했다.

이시하라 린과 카메라맨은 사무실 가운데 탁자에서 치킨을 먹고 있었다.

"와, 한국 치킨 너무 맛있어요."

"더 시킬까요?"

이시하라 린은 고개를 저었지만 이미 뼈만 남은 걸 본 히무라가 전화기를 들었다.

"왔어?"

"네. 좀 더 드시고 할까요?"

"아니야. 아니야. 하다가 배달 오면 먹으면서 하면 되니까.

아, 히무라 씨. 저는 양념이 더 좋아요."

대단한 넉살이다.

대충 준비를 하고 이시하라 린이 본론을 꺼냈다.

"우선은 감사 인사."

"감사 인사?"

"응. 네가 앨범을 내면서 일본 클래식 음악계가 다시 살아나고 있어. 2009년과 2014년. 딱 5년 만에 음반 판매량이 50만 장이나 늘었어."

"많이 는 거예요?"

"그럼. 네 첫 번째 앨범과 두 번째 앨범이 43만 장 팔렸으니 도빈이 네 지분이 대부분이야. 히무라 씨와 나카무라 씨가 널 일본의 희망이라 했던 말이 틀리지 않았단 게 증명된 셈이지."

두 번째 앨범이 꽤 많이 팔린 모양이다. 발매된 지 얼마 안 되어 아직 신경 쓰지 않고 있었는데 기쁜 일이다.

"그리고 힘들었을 때 정말 큰 도움이 되었다는 이야기가 많아. 다들 희망을 얻었다고 할 정도니까. 네가 유럽이나 미국에서 활동하는 동안 일본 팬들이 널 얼마나 보고 싶어 했는지 모를 거야."

"고마운 일이네요."

"응. 그래서 일본인으로서 먼저 인사부터 할게. 고마워. 정말로."

내 음악을 했을 뿐인데.

받아들이는 입장에 따라 이렇게까지 다르게 받아들일 수 있구나 싶다.

사실 그 일에 대해 한 일이 적다.

그저 생활에 부담이 생기지 않을 만큼 기부를 한 것이 전부.

그런데 그때 발매된 내 앨범이 그들에게 큰 위안이 되었다니 부담스럽기도 또 고맙기도 하다.

"그럼 인터뷰를 시작하면……. 더 퍼스트 오브 미를 작업한 소감은?"

"거기서부터예요?"

이시하라 린이 고개를 끄덕였다.

"인크리즈 오리지널 스코어 작업을 할 때부터 새로운 시도를 많이 하고 있어요. 제가 모르는 악기를 이용한다거나 아니면 악기가 아닌 걸로 소리를 내보기도 하고요. 더 퍼스트 오브 미에서는 그런 경험을 살릴 수 있는 경험이 되었어요."

"게임도 해봤니?"

이시하라 린 뒤에서 히무라가 고개를 세차게 흔든다.

"아니요."

"흐응."

눈치가 빠른 건지 그녀가 슬쩍 뒤돌았다. 히무라는 능청스럽게 모르는 척을 했다.

아마 미성년자는 할 수 없는 등급의 게임이라 구설수가 나올 것을 방지하려는 것 같다.

"더 퍼스트 오브 미가 2013년 최고 매출액을 달성하면서 게임 유저들 사이에서도 호평을 받고 있어. 게임에 몰입할 수밖에 없다. 음악만 들어도 게임의 장면이 떠오른다는 반응이 있는데."

"그러기 위해 노력했어요."

"돈도 많이 벌었지?"

돈 관리는 어머니께서 하고 계셔서 굳이 확인하지 않으면 모른다.

저번에도 이런 식의 질문을 받았던 것 같은데 그때 히무라는 단호히 끊어냈던 것 같다.

"글쎄요."

"치. 좋아. 그러면 다음 질문. 가우왕과 녹음한 두 번째 앨범이 화제인데, 일본에서만 벌써 20만 장이 팔렸어. 앨범에 대해 소개해 준다면?"

"방금 답변이랑 이어지는데, 여러 소리를 실험해 보는 과정에서 자연스러운 소리와 인위적으로 만든 소리를 조화롭게 담고 싶었어요. 심상도 명확하게 가져가고 싶었고요. 작업이 잘된 것 같아요."

이런저런 이야기를 나누다 보니 어느새 치킨이 새로 배달

왔다.

그러나 침을 꿀꺽 삼키는 카메라맨과 달리 이시하라 린은 조금도 신경 쓰지 않았다.

역시 프로는 프로다.

"그럼 가장 중요한 질문! 크리크 지역 예선에 참가한 이유는?"

"약속을 지키기 위해서요."

"약속? 쇼팽 국제 피아노 콩쿠르에 나가기 위해서가 아니고?"

"아닌데요."

"어……. 일단 그 약속이 뭐야?"

"친구랑 한 이야기예요. 자세한 건 대답 안 할 거예요."

"치사해."

"프라이버시예요."

"말 잘 못했을 때가 귀여웠는데."

"그래 봤자 이야기 안 해줄 거예요."

뭔가를 적더니 이시하라 린이 기지개를 쭉 폈다.

"으응! 차! 끝! 오늘도 고마워."

"별말씀을요."

"그나저나 조금 김이 새는 건 어쩔 수 없네."

이시하라 린이 치킨 박스를 풀며 하소연을 시작했다.

"뭐가요?"

"난 네가 쇼팽 국제 피아노 콩쿠르에 나갈 거라 생각했거든.

크리크 결선에 올라가는 게 16세부터인 나이 제한을 무시할 유일한 방법이니까. 또 내년이 딱 5년마다 돌아오는 쇼팽 콩쿠르가 열리는 해고."

쇼팽 국제 피아노 콩쿠르는 5년에 한 번씩 열리는 모양이다.

홍승일이 그곳에서 우승을 하는 게 피아니스트로서는 최고의 영광이라고 하던데.

확실히 그만한 주기로 전 세계에서 뛰어난 피아니스트들이 모여 경연을 펼친다면 그럴 수도 있겠다.

"이야깃거리가 많았는데 말이야. 아쉬워. 아쉬워. 아, 이거 맛있다."

"이야깃거리요?"

따로 업무를 보고 있던 히무라도 관심을 보이며 다가왔다.

"네. 실은 일본에 도빈이 라이벌이 생겼거든요."

"라이벌? 아, 타마키 히로시?"

"역시 히무라 씨. 알고 계시네요. 사실 라이벌이라고 할 것까진 아니지만요. 훌륭한 인재지만 도빈이에 비하면 떨어질 수밖에 없죠. 하지만 어디 그런다고 마케팅 안 하겠어요?"

"하긴."

"네. 난리도 아니에요. 언론마다 도빈이만큼이나 천재라고 띄어주고 있어요. 특히 도요토미 그 못된 영감이. 물론, 이번 크리크 일본 예선에도 참가했고요."

"확실히 눈에 띄긴 했지. 예전에 엑스톤에서도 영입을 준비하고 있었으니까 말이야. 지금 나이가 열여섯인가?"

"네. 얼마 전 인터뷰에서는 크리크를 발판으로 쇼팽 국제 콩쿠르 우승을 할 거라고 하더라고요. 그래서 일본 내에서 관심이 많은데, 글쎄 도빈이가 참가한다는 거예요. 이제 앞뒤 안 보고 뛰어온 것도 이해되시죠?"

"무슨 상관인데요?"

타마키 히로시라는 아이와 내 콩쿠르 참가가 어떤 연관을 가졌는지 이해할 수 없었다.

"아마 일본에서 너와 타마키 히로시를 라이벌 구도로 잡았으니 화제가 되었을 거야. 진검승부를 할 수 있겠다고 생각하는 거겠지."

"흐음."

그 아이의 연주는 들어본 적 없지만 열여섯 살이라.

대회 참가자 중에서는 꽤 많은 편이다.

일본에서도 괜히 실력 없는 사람을 두고 그럴 리는 없을 테니 어느 정도 기본은 한다고 생각해야 할 텐데, 솔직히 가소롭다.

"근데 왜? 쇼팽 콩쿠르에는 정말 안 나갈 거야?"

"지금은 생각 없어요."

"정말 딱이잖아! 이런 기회 정말 드물다고. 만약 네가 크리크에서 우승해서 내년 쇼팽 콩쿠르에 참가할 수 있게 되면 최연소 참가자이자 최연소 우승자가 될 수도 있잖아."

"그런 건 중요하지 않아요."

홍승일이 2010년, 최성신이란 사람이 한국인으로서는 최초로 쇼팽 국제 피아노 콩쿠르에서 1위를 했다고 했다.

남궁예건과 함께 대한민국을 이끌어갈 차세대 피아니스트로 각광을 받고 있다는데.

그런 사람들이 더 많은 기회를 받는 게 낫다고 생각한다.

나는 그런 명예보다는 경험과 팬 그리고 돈이 더 소중하니까.

지향하는 바가 다르기에 다들 내게 콩쿠르 참가를 하는 것에 대해 이만저만 스트레스가 아닌데, 이번은 특별한 케이스다.

"저랑 약속한 친구가 쇼팽 콩쿠르까지 출전하게 되면 모르겠지만 아무래도 그건 좀 힘들 것 같아요."

최지훈을 무시하는 게 아니다.

서울 지역 예선장에서 최지훈이 그 나이 또래에 비해 얼마나 뛰어난지 알 수 있었다.

하지만 나이 차는 무시할 수 없다.

그보다 몇 년이나 더 오래 피아노를 다룬 사람들과 경쟁해서 서울 예선 1, 2차 본선, 결선을 통과한 다음.

전 세계에서 모인 인재들과 크리크 예선에서 경쟁, 본선을 거쳐 결선에 오르기가 결코 쉽지 않을 것이다.

"그건 좀 아쉽네. 재밌는 이야기가 사라져서."

"이시하라가 재밌으라고 하는 거 아니에요."

"얘는. 농담도 못 하니. 자, 아."

"……아."

이시하라 린이 다리 살을 뜯어 내게 먹여주었다. 다른 거라면 단호히 거절했겠지만 정말 가끔씩만 먹을 수 있는 피자나 치킨, 햄버거는 예외다.

"배부르다. 히무라 씨, 잘 먹었어요!"

"하하. 치킨 정도라면 언제든지 대접해 드리죠. 이번 기사도 잘 부탁드립니다."

"걱정 마세요. 안 그래도 도빈이 팬카페에서 대체 언제 도빈이 특집 기사 쓰냐고 엄청 혼나고 있다고요. 그럼 도빈아, 콩쿠르 잘하고. 다음에 또 봐."

"잘 가요."

이시하라 린이 정신없이 왔다가 돌아간 뒤, 나와 최지훈은 나란히 2차 예선으로 진출.

2차 예선도 무난히 통과해 서울 지역 예선 본선에 오르게 되었다.

3월 말.

최지훈은 예선 2차 결과 발표와 동시에 공개된 본선 과제를 확인하곤 연락도 안 될 정도로 집중해 연습했다.

과제는 나 루트비히 판 베트호펜의 소나타를 한 곡 포함한 50분 연주.

어린애들을 상대로 꽤 엄격하다는 생각을 하면서도 본선부터는 심사 기준도 조금씩 변화한다는 것을 느꼈다.

그 기준이 애매하긴 하지만 말이다.

“그러니까 어디까지 허용이 되는 건지 심사위원들도 모른다는 말이잖아요.”

“그래. 그러니 과하지 않은 선에서 하라니까. 너는 그 즉흥적인 변주만 아니면 무조건 우승이야.”

이런 점에서는 홍승일도 도움이 안 되었지만 한 가지, 연주할 곡을 편성하는 데에는 큰 도움을 주었다.

확실히 오랜 시간 여러 음악을 접하고 콩쿠르 경험도 많은지라 프로그램을 구성하는 점에서는 나보다 낫다는 생각이 들었다.

그리고 4월 말이 다가왔다.

ICMCOC 주최, ‘크리크 콩쿠르’ 서울 지역 예선 본선장.

서울 종로구에 마련된 본선장에 도착하자 주변은 이미 북적이고 있었다.

마음에 들진 않지만 차에서 내리자마자 마련된 대기실로 뛰어갔다. 덕분에 기자들을 떨쳐낼 수 있었는데 왜 이러고 살아야 하나 싶은 생각이 잠시 스쳤다.

정신을 차리고 주변을 둘러보니 최지훈도 도착해 있었다.

"여."

"아, 왔어?"

"사람 엄청 많다. 넌 올 때 안 힘들었어?"

"실은 기자님들한테 안 붙잡히려고 일찍 왔는데 미리 와 계시더라고."

"정말 부지런한 사람들이라니까."

자발적으로 그러는 건지, 아니면 회사에서 그렇게 하도록 시키는 건지 기자들은 정말 알 수 없을 정도로 적극적이다.

"이번 과제 어려웠지?"

"응. 선생님이 프로그램을 짜주긴 하셨는데 워낙 어려운 곡이라서. 실수 없이 연주하는 것만으로도 벅찼어."

"지금은 잘하고?"

최지훈이 씩 웃는다.

"그럼. 난 천재니까."

따라 웃어주었다.

대기실 화면으로 시선을 돌렸는데, 연주자가 바뀌는 사이 아주 잠깐 심사위원석이 화면에 들어왔다.

본선부터는 심사에 좀 더 엄격하기 위해 심사위원이 따로 발표되지 않았는데.

살집이 있고 눈빛이 강렬한 노인이 앉아 있는데 이상하게 기억에 남을 것 같다.

"박건호 선생님이 심사위원이셨구나."

인상적인 남자를 보고 있자니 최지훈이 화면을 보고 입을 열었다.

"박건호?"

"응. 지금은 한국에 계시지만 예전엔 유럽에서 활동하셨어. 엄청 유명해. 정말 멋진 연주를 하셔서 나도 좋아하고."

최지훈이 저런 말을 한다면 이미 세계적인 음악가일 터.

대부분 활동을 유럽, 미국에서 한 탓에 한국의 음악가에 대해서는 알지 못했는데 이럴 때마다 참 대단한 나라라는 생각이 든다.

이 좁은 땅에서 어떻게 그렇게 많은 천재들이 나오는지 모를 일이다.

베를린 필하모닉의 이승희는 내가 아는 첼리스트 중 가장 특출하며 홍승일의 경우에는 이름은 알려지지 않았지만 미카엘 블레하츠나 글렌 골드만큼이나 연주에 깊이가 있다.

남궁예건과 최성신이란 젊은 사람도 노력하고 있으니 홍승일의 말처럼, 대한민국의 클래식 음악계가 그리 암울하다는 생각은 들지 않았다.

이렇게 멋진 음악을 계속한다면 분명 우리나라 사람들도 언젠가는 알아줄 것이다.

"내 차례다."

그런 생각을 하고 있는데 최지훈의 차례가 돌아왔다.

고개를 끄덕여 응원을 해주니 각오를 다지곤 무대 위로 향했다.

"최지훈이네?"

예상대로 뒷담화가 나왔다.

"9살? 10살? 어린데 용케 본선에 올라왔네."

"쟤 아빠가 EI전자 사장이잖아. 뭔가 있겠지."

멍청한 놈들.

저런 말을 해봐야 콩쿠르의 격을 낮출 뿐이라는 걸 모르는 모양이다.

그런 대회에 출전한 본인에게도 침 뱉는 행위라는 걸 왜 모르는지 멍청한 놈들의 머리는 이해할 수 없다.

잠시 뒤.

모니터로 최지훈을 볼 수 있었다.

숙연히 인사를 올린 뒤 피아노 앞에 앉은 녀석은 눈을 감고 숨을 고른 뒤.

차분히 건반을 눌렀다.

'이건.'

피아노 소나타 F올림장조.

작품 번호 78번, 1악장.

테레제에게 헌정했던 곡이다.

'좋은 선택이야.'

이 곡을 만들 때는 이미 내 독자적인 작곡법이 확립하고 있었다.

예를 들어 도입부 아다지오 칸타빌레의 경우에는 D# 음을 강조하기 위해 반감7화음을 사용했는데, 당시까지는 화성을 그렇게 활용하지 않았다.

경과부에서 감 화음과 스포르잔도(sforzando: 특히 세게)를 함께 쓴 것도 내가 즐겨 쓰던 방법인데 여러모로 내게 솔직했던 곡 중 하나다.

모든 곡이 그러하지만 특히 이 곡은 '나다움'을 가감 없이 담은 곡이라 애정이 깊다.

화려함보다는 진실 된 감정을 녹이는 데 힘썼던 기억이 떠오른다.

사랑하는 사람을 떠올리며 쓴 곡이니 말이다.

'나쁘지 않네.'

F올림장조를 듣고 있자니 테레제와의 추억이 떠올랐다.

요세피네와 테레제.

브룬스비크 가문과는 참 여러 일이 있었다. 그녀들이 어떻게 살았는지 문득 궁금해졌지만 이제 과거일 뿐.

깊게 빠지지 않으려 노력했다.

"잘하는데?"

"그러게……. 테레제가 이렇게 좋았나?"

멍청한 놈들이 작게 감탄한 덕분에 사색에서 벗어날 수 있었다.

그래도 귀마저 멍청하지는 않은 모양.

예전 빈에서도 지금도 사람들은 C올림단조(월광)에 열광하는데 그 때문에 다른 소나타가 조명을 못 받는 것이 마음에 들지 않았다.

C올림단조든 F올림장조든 모두 한때 사랑했던 이에게 헌정한 곡인 만큼 내 감정을 최대한 진실되고 아름답게 전하려 했는데 이 곡의 가치를 모르는 사람들이 많아 분했던 것도 사실이다.

'그렇지.'

최지훈은 악보에 충실했다.

미묘하게 박자를 놓친 부분이 두 곳 있었지만 본선에서 들은 연주 중에서는 가장 완성도 있었다.

최지훈이 아마 여러 사람을 만나고 그중에서 사랑하는 사람이 생긴다면 좀 더 자신의 것으로 연주할 수 있겠지만 그러기에는 아직 너무 어리다.

지금은 저만큼이나 연주했다는 것에 칭찬을 해줘야 할 듯하다.

그래도 아쉬움이 남는다면.

'왜 같은 걸 선택한 거야.'

F올림장조를 연주한 뒤 잠시 끊었다가 쇼팽의 에튀드 흑건을 연주하기 시작한 최지훈을 보며 입맛을 다셨다.

'박건호 선생, 부탁 좀 하네.'

세계적 규모로 미성년자를 대상으로 한 음악 콩쿠르가 열린다고 하기에 한지석 협회장의 부탁으로 심사위원을 맡았는데.

정말 엄격한 기준으로 예선을 통과한 아이들이 맞는지 의심된다.

'엉망이구만.'

무슨 생각으로 저런 연주하는지 알 수 없다.

더욱 가관인 것은 심사위원들도 마찬가지.

미스를 찾지 못하는 경우도 있어 어이가 없었다.

그러던 와중 괜찮은 아이가 올라왔다.

최지훈이라고 했던가.

'과연.'

작년 초등학교 저학년부에서 가장 주목받는 신인이라 하기에 조금은 기대하고 있었는데 생각 이상으로 훌륭한 연주를 했다.

베토벤의 F올림장조를 선택했다는 마음가짐도 훌륭하다.

한국에서는 연주하는 사람이 많지 않은데 인기가 없다 보니 그럴 수밖에 없겠지만 곡의 진가가 가려진 듯해 아쉬울 뿐이다.

그런데 그런 곡을 저 어린 학생이 훌륭히 소화하다니.

악보에 충실하여 박자가 미묘하게 틀린 부분이 '한 곳'이 있는 걸 제외하면 미스가 없다.

슬쩍 옆을 보니 다들 올 클리어라 적었는데 이런 사람들이 심사위원이라니, 한심할 지경이다.

최지훈이라는 아이에게 아쉬운 점이 있다면 음계와 음표에는 충실하지만 이 곡을 훌륭히 연주할 때 필요한 경험이 적다는 것.

베토벤의 F올림장조는 해석의 여지가 많다.

복잡한 악보를 정확히 연주하는 것도 저 나이 때에는 대단한 일이지만 그것을 충분히 표현하지 못한 데에는 아쉬움이 있었다.

그러나 심사 기준으로 따졌을 때는 미묘하게 박자가 늦어진 '한 부분'에서만 감점.

99점을 주었다.

'다음은.'

드디어.

'두 대의 피아노를 위한 협주곡'을 낸 배도빈이다.

사실 심사위원직을 맡은 가장 큰 이유는 배도빈이 참가할 거라 생각했기 때문인데 역시나.

내년 쇼팽 국제 피아노 콩쿠르에 참가하기 위해 나온 모양이다.

'참가곡은…… 이런. 똑같군.'

베토벤 소나타 F올림장조와 슈베르트의 즉흥곡 D.899 No.1부터 No.3까지.

'네 곡이라.'

다른 참가자였다면 욕심이 아닐까 생각할 테지만 이미 그의 연주는 여러 번 반복해 들었기에 눈을 감고 귀를 열었다.

'아아.'

이 무슨 울림이란 말인가.

마치 떨어지는 햇살 같이.

나비의 천진난만한 날갯짓을 보는 것 같은 시작이다.

이 선명한 악상.

그래, 이것이 베토벤이다.

분명 특별한 시도는 없었다.

다른 아이들과 마찬가지로 악보에 충실한 연주이건만, 다르다.

심상 속, 정원을 노니는 나비가 마치 건반 위에 앉은 듯 섬세한 타건.

손가락의 독립이나 로테이션을 볼 수준을 넘어섰다.

'이것이 정녕 8살 아이의 표현력이란 말인가.'

건반을 누르는 강약조절도 깊이감도 완벽하다.

베토벤의 피아노 소나타는 전곡을 모두 연주하여 앨범으로 냈던 만큼 내게 베토벤은 특별하다.

그의 음악을 이해하기 위해 음악을 해왔다고 해도 과언이 아닐 터.

그래서 베토벤의 소나타에 대한 이해만큼은 세계 그 누구를 상대로도 자신이 있었건만.

배도빈의 베토벤 피아노 소나타 F올림장조는 가장 베토벤스러운 길이 무엇인지 알려주는 듯했다.

빠른 연주 속에서 피어나는 아름다움과 복잡함 속에 드러나는 솔직함.

이것이다.

이것이 베토벤이다.

♪

최지훈은 자기 뒤에 곧장 무대로 올라간 친구를 보며 침을 삼켰다.

어떤 연주를 들려줄까.

본인처럼 최선을 다할까.

지난 시간을 모두 저 자리에서 최고의 연주를 하기 위해 바쳤다. 밥을 먹고 자는 시간을 제외하면 피아노만을 붙들고 있었다.

완벽한 연주를 하기 위해서.

배도빈과 친구로 남기 위해서 말이다.

'뒤처져서는 친구조차 못 된다는 사실을 왜 모르냔 말이다!'

아버지 최우철은 항상 무서운 말을 했지만 최지훈은 아버지의 말이라면 모두 따랐다. 믿었다.

그러나 그 말만큼은 믿고 싶지 않았다. 그래도 걱정이 되어 사력을 다해 연습했다.

자신을 이해하고 천재가 아니라는 비밀을 알고도 평범하게 대해주는 배도빈을 잃고 싶지 않았다.

그래서 무리를 해서라도 배도빈에게 증명하고 싶었다.

네 친구가 될 자격이 있다고.

그 어린 마음이 전해졌던 것일까.

친구 배도빈은 최지훈을 이미 어엿한 피아니스트라고 해주었다.

눈물이 나왔다.

어머니가 돌아가신 뒤로 아버지 앞에서도 보이지 않았던 눈물을 참을 수 없었다.

그래서.

배도빈은 최지훈에게 친구이자 선생이자 영웅이었다.

'잘해야 해!'

연주를 마치고 내려가자 최지훈이 달려들었다.

"최고야! 너무 멋졌어!"

"당연한 말을."

"헤헤헤헤."

녀석이 너무 밝게 웃어 나도 피식 웃었다.

같은 곡을 그것도 바로 뒤에 연주했으면 신경 쓸 법도 한데 그런 기색 하나 없이 순수하게 기뻐해 주는 걸 보면 어린아이라 그런 건지.

아니면 속이 깊기 때문인지 알 수가 없다.

부디 이 맑은 마음을 잃지 않기를 바랄 뿐이다.

"너도 잘했어. 두 곳밖에 안 틀렸잖아."

"어? 어떻게 알았어?"

"모를 리가."

최지훈은 신기한 듯 고개를 갸우뚱했다.

"실은 한 곳은 틀렸는데 다른 곳은 조금 박자가 틀렸나? 싶었을 뿐이었거든."

"응. 조금 늦었어."

"나도 헷갈렸는데 대단하다. 심사위원들이 알았을까?"

"모르면 안 되지."

"히잉. 망했어."

최지훈의 입꼬리가 잔뜩 내려갔다.

"나 말고는 네가 제일 잘했어. 걱정 마."

"정말?"

"그래. 다들 엉망이네. 너도 무대 위라고 긴장하지 마. 평소에는 실수 없었다며."

"그건 어쩔 수 없잖아."

"관객이 있잖아. 혼자 연습할 때보다 잘 쳐야지."

"그런 마음 때문에 긴장되는 거라고."

"그래서 더 신나는 게 아니고?"

"어? 그래?"

그렇게 이야기를 나누며 오늘도 응원을 오신 부모님과 채은이를 만나려 로비로 향했다.

칸토(크리크 국제 음악 콩쿠르 지역 예선)의 본선 결과는 당연했다.

결선 진출 명단에는 최지훈의 이름도 포함되어 있었다.

과제곡은 8월, 잘츠부르크 페스티벌에서 빈 필하모닉의 연주에 앞서 연주하게 될 모차르트 피아노 소나타 11번 A장조, K.331.

잘츠부르크에서 태어난 역사상 가장 위대한 음악가 중 한 명인 모차르트의 피아노 소나타였다.

'칸토'의 각 나라 우승, 준우승자들은 7월, 오스트리아 빈에서 '크리크 콩쿠르'를 치르는데 거기서 우승한 사람이 잘츠부르크 페스티벌에서 독주하는 기회를 얻게 되는 듯.

아무래도 '크리크'와 '잘츠부르크 페스티벌 연주'의 간격이 짧아 따로 곡을 준비하지 못할 것을 주최 측에서 배려한 듯싶었다.

신기했던 건 홍승일이 과제곡이 발표되기도 전에 이 곡이 선정될 거라는 걸 예상했던 것이다.

"어떻게 알았어요?"

"잘츠부르크 페스티벌 자체가 모차르트를 기념하기 위한 행사니까. 모차르트 소나타 중에서 유명한 걸 따지면 어려운 것도 아니지."

역시 나이는 괜히 먹는 게 아니다.

함께 피아노를 치면서도 느꼈지만 콩쿠르를 준비하면서 홍승일이 얼마나 노력한지 잘 알 수 있었다.

"그나저나 일정이 빡빡하구나. 6월 15일에 결선을 치르면 7월 크리크까지는 보름밖에 없으니 말이야. 또 거기서 우승하면 곧장 연주를 준비해야 할 테고. 독주만 있는 게 아니라 빈 필과 협연도 한다는 거 알고 있느냐?"

"네."

"그래. 알면 부지런히 해야지."

"충분히 했어요."

"내가 말하지 않았느냐. 지금의 너도 훌륭하지만 더 발전해야 한다고. 네게 콩쿠르는 우승이 목적이 아니야. 남들과 경쟁하는 과정에서 더 성장하는 거지."

"그렇게 콩쿠르 나가라고 하시더니 할아버지도 결국 제가 우승한다고 생각하시네요."

"그럼. 귓구멍이 뚫려 있으면 네가 우승하는 거야 당연한 일이지."

당연한 일.

그 말을 들으니 조금 씁쓸해졌다.

홍승일의 생각과 마찬가지로.

아니, 대회에 참가했던 아이들이 중얼거렸던 것처럼 나 아닌 다른 사람의 우승을 상상할 수 없다.

하지만 분명 세계 각국에서 출전한 아이들 중에는 분명 이번 대회를 위해 피나는 노력을 한 아이도 있을 것이다.

최지훈처럼.

내가 없었더라면 그런 아이들 중에 뛰어난 아이가 우승할 거라 생각하니 그들의 기회를 빼앗는 것 같아 그다지 기분이 좋지 않았다.

봐줄 생각은 추호도 없기에 콩쿠르 무대 아래에서는 그런 생각이 종종 들곤 했다.

"도빈아, 파이팅!"

"오빠, 파이팅!"

6월 15일 일요일.

칸토 결선 당일 종로 콘서트홀을 찾았다.

어머니와 아버지 그리고 채은이와 그 가족이 응원해 주었다. 박선영도 주먹을 불끈 쥐어 보이며 힘을 주었는데 히무라는 별말이 없었다.

"왜 응원 안 해줘요?"

"무슨 말을 해야 할지 몰라서."

히무라가 불평했다.

“긴장이라고는 조금도 안 하고, 어차피 우승은 당연한 일이라고 하고. 그런 네게 뭐라 하겠니. 요즘 들어 내가 필요 없는 건 아닌가 싶다.”

“그럴 리가요. 히무라가 없으면 안 돼요. 빨리 응원해요.”

“그, 그래. 파이팅!”

히무라뿐만이 아니라 최근 사카모토 료이치와 이승희, 빌헬름 푸르트벵글러, 니아 발그레이, 토마스 필스, 한스 짐, 미카엘 블레하츠, 가우왕 등 친하게 지내는 사람들과 연락이 뜸해졌다.

홍승일처럼 대놓고 말하지는 않았지만 다들 내가 콩쿠르에 나가길 바랐으면서 막상 출전했는데 아무런 말이 없으니 언짢은 것이다.

‘다들 출전하라고 할 때는 언제고.’

“엄마, 제 핸드폰 주세요. 전화할 데가 있어요.”

“그래. 사카모토 씨에게 전화하게?”

“아뇨. 요즘 바쁜 거 같아요. 가우왕한테 하려고요.”

핸드폰을 소지하고 무대에 오를 순 없어 잠시 맡겨둔 전화기를 받아 가우왕에게 전화를 걸었다.

-……끄으윽. 누구야.

“독일어로 말해요.”

-뭐? ……이 꼬맹아, 지금이 몇 시인지 알아?

"지금 한국 칸토 결선이에요."

-그래? 근데?

"할 말 없어요?"

-뭐, 수고해.

"마음에 안 드는데."

-어차피 우승할 거잖아.

"그거야 당연하죠."

-그런 거 어서 해치우고 잘츠부르크에서 빈 필이랑 협연이나 잘 준비해. 보러 갈 거니까.

"……."

기대했던 반응이 아니라 통화를 마무리하고 푸르트벵글러에게도 전화를 걸었다. 상황을 설명하자 그가 호탕하게 웃은 뒤 정색했다.

-거기서 우승하면 빈 필과 협연을 한다지? 내가 응원할 거라 생각한 게냐! 쓸데없는 짓 하지 말고 빨리 악장 오디션 보러 오지 못해!

"아직도 안 뽑았어요?"

니아 발그레이의 은퇴 소식을 들은 지 꽤 지났는데 아직도 안 뽑은 모양이다.

그때 카밀라의 목소리가 전화기 너머에서 들렸다.

-도빈이 괴롭히지 말고 빨리 뽑기나 해요! 언제까지 단원들

힘들게 할 생각이에요? 다른 악장들 스케줄 관리하기 얼마나 힘든 줄 알아요?

-마음에 드는 인간이 없는데 어쩌라는 거야!

"……잘 지내요, 세프."

카밀라와 푸르트벵글러가 또 말싸움을 시작해서 전화를 끊었다.

아무래도 다른 사람들에게 응원을 듣는 건 포기해야 할 듯하다.

'재미없는데.'

우승이 정해져 있으면 응원을 받는다거나 하는 쪽이라도 재미를 봐야 하는데 그런 것도 시원치 않으니 더욱 재미없다.

이제 남은 관심사는 최지훈이 얼마나 분발했는가에 대한 의문뿐인데.

진행자가 최지훈을 호명했다.

서둘러 가족들과 인사를 나누고 대기실로 향했는데 다행히 늦지 않았다. 최지훈이 피아노 앞에 앉아 있었고 막 건반 위에 손을 얹었다.

모차르트 피아노 소나타 11번 A장조, K.331.

너무나도 유명한 곡으로 과거만큼이나 현대에도 사랑받는 곡인데 악장의 구성이 무척 다양하다.

프랑스풍의 우아함이 느껴지는가 하면 트리오가 있는 미뉴

에트라는 점도 당시에는 색달랐다.

특히 '알라 투르카(터키풍으로)'라고 적혀 있는 3악장은 당시에 유행했던 동양에 대한 관심을 표현한 느낌이라 더 독특하게 다가왔다.

'지금은 그때와는 느낌이 다르지만.'

결론은 기교적인 면보다는 감성적인 부분을 자극하는 곡인데.

아직 그 부분에 대해 미숙한 최지훈이 과연 어떤 연주를 할지 기대되었다.

동-

그 서정적 음률이 귀를 간지럽히기 시작했다.

'……좋아.'

본선이 끝난 뒤, 이 자리를 위해 또 얼마나 반복해 연주했을까.

정확하고 간결한 타건과 최소한의 움직임.

몸도 마음도 악보에 맞춰 절제되어 매우 정제된 느낌을 주는 최지훈의 모차르트 소나타 A장조는 그 나름의 맛이 있었다.

감정을 전달하기 위해선 여러 방법이 있지만, 똑같은 슬픔이라도 열정적으로 연주해야 하는 곡이 있는가 하면 절제했을 때 더욱 구슬픈 곡이 있는 법이다.

흥겨운 곡도 마찬가지.

최지훈이 수백, 어쩌면 천 번을 넘긴 끝에 선보인 연주를 훌륭히 마쳤다.

♪

[칸토 종료, 우승자 배도빈]

[이변은 없었다. 우승 배도빈, 준우승 최지훈]

[배도빈, "이 콩쿠르의 유일한 관심사는 최지훈의 연주였다. 그의 연주는 한 단계 성숙해졌다."]

[정해진 결과에 클래식 음악 팬들의 엇갈린 반응. 첫 콩쿠르 우승 축하 vs 배도빈은 성인 콩쿠르에 참가해야 했다]

[최지훈, "배도빈과 겨룰 수 있어 만족. 최선을 다했다."]

[평론가 심일석, "배도빈의 연주는 이미 완성되어 있었다. 콩쿠르는 무의미했다."]

[평론가 박우석, "다가가지 못할 우아함."]

크리크의 지역 예선인 칸토는 모든 사람의 예측대로 배도빈이 우승을 차지했다.

많은 사람이 배도빈이 이른 나이에 세계무대에 설 것을 의심하지 않았으며 이에 대한 긍정적인 이야기가 보도되었다.

그러나 제1회 대한민국 칸토의 참가자 일부와 그 관계자 또는 그들의 의견을 지지하는 몇몇 사람이 배도빈의 참가에 대해 의문을 제시했다.

실력 차이가 나는데 굳이 칸토에 나와 다른 지망생의 앞길을 막았다는 게 그 요지였다.

이러한 의견은 심사평과 더불어 더욱 확산되었다.

제1회 칸토(크리크 지역 예선)가 성황리에 막을 내렸다.

어린 피아니스트들에게는 국제무대에 설 수 있는 기회였던 만큼 지원자가 가장 많은 콩쿠르였다.

참가 나이 제한의 폭도 넓은 편이라 참가율이 높을 수밖에 없었는데 분별력을 위해 ICMCOC에서 어려운 곡을 과제로 지정했을 때는 고등부조차 어려워하는 곡을 초등학교 저학년들이 감당할 수 있을까 우려했다.

그러나 결과는 초등학교 1학년, 2학년이 나란히 우승과 준우승을 차지하였다.

어린 음악가들의 발전이 내 상상을 뛰어넘어 기쁘기 그지없는 콩쿠르였다.

그중에서도 우승자 배도빈의 연주는 압도적이었다.

단순히 연주를 잘하는 것을 넘어 듣는 사람으로 하여금 다른 생각을 할 수 없게 한다.

그의 해석에는 확신이 있었고 이미 거장의 반열에서 자신만의 음악을 탐구하는 그에게 이번 콩쿠르는 도리어 족쇄가 되지 않았나 싶다.

더욱 큰 무대에서 날개를 활짝 펴길 바랄 뿐이다.

준우승자 최지훈의 연주는 나이에 맞지 않게 정제되어 있다.

보통 어릴수록 감정을 과도하게 넣는 경향을 보이는데 최지훈의 연주에서는 그런 미숙함을 찾을 수 없다.

한 음, 한 음 정확하게 이어나가며 작곡가의 의도를 편안히 전달해준다.

강점인 톤을 좀 더 보강하고 곡에 대한 자신만의 해석이 더해진다면 피아니스트로서 대성할 거라 확신한다.

-심사위원장 박건호(피아니스트)

'칸토'가 배도빈의 기량을 뽐내기에는 너무도 좁은 무대였다는 거장 박건호의 심사평은 배도빈의 참가를 달가워하지 않았던 사람들의 주장에 좋은 밑거름이 되었다.

박건호의 말뜻을 곡해하여 편한 대로 활용하면서 연일 배도빈을 공격했다.

그러나 절대 다수의 여론은 그 의견을 무시했다.

ㄴ배도빈 진짜 극혐 아니냐? 세계적인 음악가라 하고 그래미상 받았으면 됐지 꼭 애들 나오는 대회에 나와야 했냐?

ㄴ칸토 원래 애들 나오는 곳임.

ㄴ그러니까 이미 성공한 음악가가 나와도 되는 거냐고. 남궁예건이 칸토 나갔으면 가만있었겠냐고.

ㄴ남궁예건은 31살임.

ㄴ남궁예건 84년생임.

ㄴ그러니까 나이 제한만 있는 게 말이 되냐고. 칸토가 원래 어린아이들한테 기회를 주는 취지로 열린 거 아니야. 아, 이 새끼들 말 졸라 못 알아 듣네.

ㄴ그럼 뭘 기준으로 둠?

ㄴICMCOC에서 나이 제한 말고 다른 자격 제한을 둠?

ㄴICMCOC에서 정한 방침은 8살부터 19세까지 참가할 수 있는 거임. 배도빈이 8살이고 참가할 수 있어서 참가했고 부정을 저지르고 우승한 것도 아닌데 왤케 못 잡아먹어서 난리임?

ㄴ그러니까 이게 다 배도빈 몰아주기 아니야. 짜고 치는 거지. 그게 아니면 갑자기 이런 대회 여는 이유가 뭔데? WH가 ICMCOC에 돈이라도 줬겠지. 지 손주 잘 봐달라고.

ㄴ헐.

ㄴ헐랭.

ㄴ님 ㅂㅂ

ㄴ와 개불쌍하네. 소문 못 들었나? 배도빈이랑 WH그룹 엮어서 헛소리한 인간들 줄줄이 고소당한 거 모르냐?

ㄴㅉㅉ 이렇게 또 방구석여포가 주거씁니다 ㅠㅠ

· 26악장 ·

9살, 라이벌

그러한 이야기는 곧 수그러지는가 싶다가도 자극적인 이야기를 선호하는 언론에 의해 다시금 점화되었다.

화제성.

이미 연예인 이상으로 전 국민에게 관심을 받고 있는 배도빈에 대한 이야기는 항상 인기를 끌었다.

더군다나 배도빈에 대한 부정적인 이야기라면 더욱 자극을 줄 수 있을 것 같았다.

대한민국의 유력 언론·방송사인 NBC에서도 같은 생각을 했고.

"네가 총대 한번 메야겠다."

결국 면식이 있던 보도국의 김준용 기자가 배도빈을 찾아

관련된 이야기를 인터뷰했다.

♪

“요즘 인터넷에서 칸토에 참가한 일에 대해 이야기가 많던데. 혹시 알고 있니?”

‘뭐라는 거야?’

전부터 마음에 안 드는 기자였는데, 만나달라고 하기에 바쁜 시간을 내주었더니만 결국 이런 질문을 하고 싶었던 모양이다.

“김 기자님, 민감한 질문은 삼가해 주시기 바랍니다.”

히무라가 나서서 김준용 기자를 제지했다.

그러나 이제 한국말에도 익숙해졌고 더 이상 예전처럼 하고 싶은 말을 제대로 전달하지 못하는 일은 없었기에 직접 이야기하고자 했다.

“괜찮아요, 히무라.”

히무라도 이제 예전처럼 무조건 내 행동을 막으려 하지는 않는다.

내가 괜찮다고 하자 슬쩍 물러나 주었다.

김준용 기자의 얼굴에 화색이 돌았다.

“무슨 질문이었죠?”

"하하. 별일은 아니고 네가 너무 잘하다 보니 다른 대회 참가자들과 수준 차이가 난다는 말이 나오고 있어."

"사실이네요."

"그렇지! 그래서 다들 막 네가 나오면 안 됐다는 식으로 말을 하더라고."

그가 무슨 생각을 하는지 뻔히 보인다.

어떻게든 내 대답을 이끌어 보다 자극적인 기사를 쓰길 바라는 거다.

마치 내 편인 듯 말하면서 말이다.

"그런 반응에 대해 어떻게 생각하는지 듣고 싶으신 거죠?"

"그렇지. 아무래도 기분 나쁘지?"

솔직하게 이야기했다.

"네. 기분 나빠요."

신나게 펜을 놀리는 김준용 기자를 보며 말을 이어나갔다.

사실.

나에 대해 떠드는 일은 예나 지금이나 별반 다르지 않다. 도리어 모욕과 소문의 질은 예전이 더 심했다.

익숙했기에 그런 잡소리는 무시해 왔지만 예전과 분명 달라진 점이 있었다.

지금은 지켜야 할 사람이 있다.

"기자님은 준우승한 최지훈의 연주를 들어본 적 있어요?"

"최지훈? 아니……. 그런데 그건 왜?"

"그런 말을 할 거면 최지훈 정도의 실력은 갖추고 말했으면 좋겠어요. 준비조차 제대로 안 하고 나온 사람도 있던데, 우습고 하잖아요."

히무라가 나서려 했지만 고개를 저었다.

"제가 출전해서 우승을 못 했다고 불평한다면 참가자겠죠? 그랬다면 최지훈처럼 정말 노력한 사람에게 실례예요. 적어도 제가 듣기에 최지훈을 제외하곤 크리크에 출전할 만한 기량을 갖춘 사람은 없었으니까."

"그렇다면."

"네. 다른 참가자들의 수준이 떨어진다고 말씀드리는 거예요. 또."

"또?"

"참가자가 아닌데 그런 말을 하는 사람에게 해주고 싶은 말이 있어요. 어떻게 생각하든 상관없는데 없는 사실을 더하거나 욕설을 한다거나 제 외할아버지를 비난하는 건 범죄예요."

"그건 네가 공인이니까……."

"히무라, 공인이 무슨 뜻이에요?"

히무라를 보곤 물었다.

"공적인 일을 하는 사람이란 뜻이야."

다시 고개를 돌려 김준용 기자를 바로 보면서 입을 열었다.

"공인이라고 죄 없이 인신공격을 받는 게 정당한지는 모르겠지만 일단 저는 공적인 일을 하는 사람이 아니에요. 왜 제가 음악을 하는데 외할아버지를 욕하고 거짓말로 누명의 씌우려는 건지 이해할 수 없어요."

"……."

"외할아버지가 돈으로 매수를 해 대회를 열었다든지 제 뒤를 봐주고 계시다는 이야기를 봤어요. 크리크 콩쿠르의 격을 낮춰서 그 대회에서 성과를 내기 위해 지금도 피아노 앞에서 피나도록 노력하는 사람들을 무시하는 이유도 모르겠고요."

필기를 하던 김준용 기자가 슬며시 펜을 내려놓았다. 테이블에 올려두었던 녹음기를 끄기도 했다.

"저를 어떻게 생각하든 자유예요. 하지만 그걸 남에게 말했을 때는 책임을 져야 할 거예요."

"……자기 생각도 말 못 하냐고 물어보면 어떻게 대답할 거니?"

김준용 기자가 물었다.

"오래 못 살 거예요. 자기주장을 위해 남을 욕하는 사람이 오래 살 수 있을까요?"

예전 유럽 같았으면 바로 결투다.

명예를 훼손한 사람에게 손수건을 집어 던져 권총으로 쏴 죽였을 것이다.

특히 외할아버지와 최지훈을 욕되게 하는 인간들은 용서할 수 없다.

“저를 욕하는 건 무시하면 돼요. 하지만 가족과 친구를 향한 모욕은 가만있지 않을 거예요. 도저히 저를 욕하고 싶어 못 참겠으면 다른 사람 건들지 말고 저한테 하라고 기사 내주세요.”

그렇게 김준용 기자와 눈을 마주하고 있는데 그가 이내 한숨을 길게 내쉬었다.

“하아~ 텄네, 텄어.”

“김 기자님, 오늘 인터뷰는 도빈이가 솔직한 심정을 털어놓은 겁니다. 부디 곡해해서 싣지 않도록.”

“그런 말 마세요, 대표님. 저도 사람입니다. 집에 도빈이만 한 아들도 있고요.”

“…….”

“양심이 있으면 이런 걸 어떻게 그렇게 올려요. 표현의 자유니 뭐니, 언론의 권리니 의무니 같잖지도 않은 말로 이 어린애를 얼마나 괴롭혔으면 애가 이런 말을 하겠습니까. 우리 애는 아직 핸드폰 게임만 해요.”

“……김 기자님.”

“도빈아, 아저씨가 미안했다.”

김준용 기자가 순순히 내게 사과했다. 아들이 나만 하다고 하니, 뭔가 생각에 변화가 생긴 모양이다.

“그럼 기사는.”

"기레기 짓도 적당히 해야지. 아들뻘 되는 애가 욕먹을 기사 못 쓰겠습니다. 안 써요. 안 써."

김준용 기자가 나와 히무라 앞에서 녹음된 파일을 지워 버렸다.

메모했던 종이도 찢어 테이블 위에 두었다.

"그 뭐, 대신이라고 할 건 없지만 나중에 쇼팽 콩쿠르 나가게 되면 그때 인터뷰 한번 해줘요. 그래 줄래, 도빈아?"

"그렇게 해요."

김준용 기자와 악수를 나누었다.

히무라가 김준용 기자를 배웅하고 돌아와서는 한숨을 푹 내쉬었다.

"정신 차린 거 같아 다행이네."

"그러게요."

"……괜찮은 거야? 댓글 같은 거 확인 안 하는 게 좋다고 했잖아."

"팬들이 좋은 말을 써주기도 하니까 안 볼 수 없어요."

"그래도……."

"정말 괜찮아요. 주변 사람들만 건들지 않으면 무시하고 있어요."

"그래. 그럼 기분도 전환할 겸 오늘 저녁은 카레로 할까?"

"치킨도 얹어서요."

"좋아."

♪

[악플에 대처하는 9살 아이가 보여준 대한민국의 단상]

지난 토요일, 배도빈과의 두 번째 인터뷰를 가졌다.

초등학교 2학년이 된 배도빈은 내 기억 속의 모습과 달리 훌쩍 자라 있었다.

먼저 밝히건대 성장한 것은 키만이 아니었다.

인터뷰를 하며 최근 이슈가 되었던 칸토 우승에 대해 언급하자 배도빈은 다음과 같이 답했다.

"가족과 친구만큼은 욕하지 말아주세요. 차라리 저를 욕하세요."

그 말을 하면서 나를 직시하는 그 곧은 눈빛만큼은 예전과 같았다.

'크리크'는 재능 있는 어린 음악가를 위해 ICMCOC에서 기획한 전 세계적 음악 콩쿠르고 이슈가 되었던 '칸토'는 그 예선이다.

'크리크' 우승자에게 파격적인 혜택을 주는 이유는 음악 꿈나무들이 보다 명확한 목표를 가지고 공평한 기회를 부여받을 수 있도록 돕기 위한 클래식 음악계의 안배였다.

그 자리에 배도빈보다 어울리는 사람이 있을까.

그 판단은 '칸토'의 심사위원을 맡은 음악 전문가들이 해주었다고 생각한다.

단지 한 아이의 아버지로서 보았을 때 현재의 비정상적인 상황에 안타까울 뿐이었다.

많은 커뮤니티 사이트에서 배도빈과 그 주변인물에 대한 원색적인 비난이 끊이질 않고 있다.

배도빈이 유명해질수록 그러한 상황은 심해지는데, 그것을 본 음악가이기 전 아홉 살 소년일 뿐인 배도빈은 가족과 친구를 욕할 거라면 자신에게 하라고 부탁하였다.

유명 연예인에 대한 악플 문화는 꽤 오래전부터 문제시되어 왔다.

마치 예술 활동을 하면 비난을 들어야 한다는 착각에 빠진 이들이 비난과 비판을 구분하지 못한 채 익명이란 이름 뒤에 숨어 폭력행위를 하는 것이었다.

(후략)

-NBC 보도국 김준용 기자

NBC 보도국의 김준용 기자가 낸 사설 기사는 조금씩 여론을 바꿔 나가기 시작했다.

특히 자식이 있는 부모 세대에서 어린아이가 오죽했으면 욕을 할 거면 자신에게 해달라고 하냐며 인터넷 악플 문화에 대해 혀를 찼다.

배도빈의 여성 팬들은 배도빈의 발언을 보고 눈물이 나왔다, 응원한다, 어린데 너무 기특하다 등의 반응을 보였으며.

그것은 비단 어떠한 세대만의 반응은 아니었다.

모든 비난이 사라진 것은 아니었지만 무엇이 잘못되었는지에 대해서는 사회 전반적으로 인식이 퍼져 나가기 시작했다.

WH그룹 유장혁 회장이 강경대응에 나서면서 강제적으로 억눌리면서 배도빈의 '칸토 우승'에 대한 이야기는 일단은 그렇게 마무리되는가 싶었다.

그러한 와중에도 연예인, 운동선수, 예술가 등을 향한 원색적인 비난은 여전하여 언젠가는 배도빈을 욕하는 사람도 다시 생겨날 테지만.

어린아이의 착한 마음에 분명 대한민국은 감동하였다.

오스트리아 빈에서 열릴 '크리크'가 코앞으로 다가왔다.

출전하기 위해 이런저런 준비를 하는데 홍승일이 의외의 말을 꺼냈다.

"안 간다고요?"

"그래."

"그렇게 나가라 하셨잖아요. 여행도 할 겸 같이 가요."

"빈은 너무 많이 가서 질렸어. 안 간다."

너무 많이 가서 질리다니.

난 수십 년을 살았는데.

"무슨 이유가 그래요?"

"내 마음이야! 콜록. 콜록."

홍승일이 소리를 버럭 지르곤 기침을 해대기 시작했다.

그렇게 성질을 부리며 소리를 치니 사레가 들 만하다.

그를 빤히 보고 있자 서둘러 대화를 마무리 지으려는 듯 신경질적으로 말했다.

'그러고 보니 안색이 별로 안 좋은데.'

가만 보니 살도 좀 빠진 것 같고 뭔가 아무래도 이상하다.

"뭘 그렇게 보고 있어? 빨리 가서 준비나 해!"

"어디 아파요?"

"아프긴 누가 아파! 내가 아팠으면 좋겠냐?"

"무슨 말을 그렇게 해요."

"그럼 신경 쓰지 말고 빨리 가서 피아노나 더 쳐!"

'이 영감탱이가 갑자기 왜 이래?'

한동안 잠잠하다 싶더니 또 쓸데없이 시비를 건다.

기껏 사람이 걱정해 주는데 화를 내니 더는 못 상대하겠다.

다시 찾은 빈은 너무도 달라져 있었다.

30년을 넘게 살았던 터라 조금은 알아볼 수 있지 않을까 싶었는데 전혀 그러지 못했다.

"도빈아, 이쪽으로."

"호텔까지는 택시로 가요?"

"리무진이 있지. 돈 좀 썼다고."

크리크에 참가하기 위해 히무라와 함께 빈을 방문했다.

빈 국제공항에서 숙소로 향하는 동안 창밖으로 현대의 빈을 잠시 눈에 담을 수 있었다.

그간 다녔던 도시들 중에서도 가장 정돈되었다는 느낌을 받았다.

'도착했으려나.'

칸토에서 준우승을 한 최지훈이 잘 도착했는지 궁금해졌다.

'정말 축하해!'

'하지만 다음에는 지지 않을 거야.'

'꼭 같이 크리크 결선에 오르자!'

시상식장에서 웃으며 축하하고 다음 무대에서도 함께하자고 했던 최지훈.

시상식이 모두 끝나고 나비넥타이를 가지러 대기실로 돌아갔을 때 녀석은 집사 할아버지의 품에서 오열하고 있었다.

진심으로 내 우승을 축하한 마음도.

지난 몇 달간의 노력으로도 우승하지 못했다는 분함도 모두 진심일 것이다.

내가 생각해도 최지훈은 고등학생들 틈에서도 가장 빛날 정도로 훌륭히 연주했다.

도대체 얼마나 자신을 몰아붙였을지 쉽게 짐작할 수 없었다.

내가 녀석의 목표가 될수록 녀석이 나를 언제까지 친구로 대할 수 있을지에 대해 씁쓸함을 느낀다.

그렇게 쉬운 관계가 아니라고 생각하면서도 너무나 소중했던 관계가 덧없이 사라지는 것을 많이 경험했던 탓이다.

"도착했다."

그렇게 사색에 잠겨 있을 때 리무진이 호텔 앞에 멈추었다.

차에서 내리자 직원이 다가와 히무라에게서 짐을 받아 들었다.

은색 외벽의 건물 안으로 들어서자 정돈된 타일과 상아색 내부가 눈앞에 펼쳐졌다.

모차르트의 바이올린 협주곡 D장조가 로비를 채우고 있는데 꽤나 고풍스러운 취향이다.

"돈 좀 썼나 봐요."

"그러게. 여기서 보름 정도는 지낼 만하겠는데?"

ICMCOC에서 참가자들에게 제공한 숙소는 꽤 괜찮은 호텔이었다.

“안녕하세요. 무엇을 도와드릴까요?”

“크리크 참가자입니다. 배도빈이라고.”

“어머.”

프론트 데스크에 있던 여성이 감탄사를 뱉더니 살짝 상체를 숙여 나를 보았다.

“안녕하세요.”

눈을 마주쳐 인사를 했더니 밝게 웃는다.

“빈에 오신 걸 환영해요, 마에스트로.”

“고마워요.”

그녀가 히무라에게 카드키를 건네주었다.

“1108호입니다. 편안한 시간 보내시기 바랍니다.”

기분 좋게 방에 들어섰다.

역시나 만족스럽다. 푹신한 카펫과 은은한 방 분위기가 휴식을 취하기에는 더할 나위 없다.

“개회식은 7시니까 여유가 좀 있어. 피곤할 텐데 씻고 쉬자.”

“네.”

대충 짐을 풀고 샤워를 했다.

적당히 TV를 틀고 침대에 누운 뒤 어머니께 전화를 걸었다. 기다리셨다는 듯 금방 전화를 받으셨다.

-잘 도착했니?

"네. 숙소에 있어요. 엄마도 잘 도착하셨어요?"

-응. 짐 정리하고 우리 아들 연락 기다리고 있었지?

올해 가을부터 루턴 대학에서 교수직을 맡으실 아버지는 적응을 위해 하루 먼저 영국으로 향하셨다.

외할아버지와 같이 살기로 하고 두 분과 잠시 떨어져 있기로 결정했는데 그 날이 다가온 것이다.

조금 아쉽지만 이게 옳은 일이라 생각한다.

-양치는 했어? 잇몸이랑 해서 훑어내듯 해야 해.

"그럼요."

-손도 씻었고? 세수할 땐 귀 뒤도 잘 씻어야 해. 로션도 꼭 바르고.

어머니께서는 내게 이는 잘 닦았는지, 손은 잘 씻었는지 사소한 일을 물어보셨다.

너무 어리게 보시는 것 같지만 어린 아들과 떨어져 있다는 데에 걱정하고 계시기에 웃으며 그렇게 했다고 대답했다.

-예선은 모레라고 했지?

"네."

-응원하러 갈게. 아빠는 조금 바쁘셔서 못 갈 것 같지만 빨리 정리하고 도빈이 응원하고 싶대.

"우승할 테니 그때까지 시간 많아요. 천천히 오셔도 돼요."

-으이구. 그래. 우리 아들이 우승 안 하면 누가 하겠어? 파이팅!

"파이팅."

지금은 영국에 계실 어머니와 통화를 끝내고 최지훈에게 메시지를 보냈다.

[도착했어?]

[응! 너는?]

'왜 항상 답장이 빠른 거야?'

신기한 녀석이다.

[나도. 1108호야.]

[같은 층이네? 놀러 갈게!]

[졸려. 이따 저녁에 개최식도 있잖아. 그때 봐.]

[힝 ㅠㅠ 비행기에서 안 잤어?]

[비행기 안에서 어떻게 잠을 자.]

[그냥 자게 되던데. 왜 못 자?]

[떨어지면 죽잖아.]

한동안 답장이 없다가 '그럼 저녁에 봐'라는 메시지가 도착했다. 너무도 당연한 일이라 할 말이 딱히 없었나 보다.

'으음.'

자고 일어나자 어느새 저녁이 되어 있었다.

사교복을 입고 히무라와 함께 크리크 개최식이 예정된 호텔 라운지로 향했다.

'너무 많은데.'

예상은 했지만 사람이 가득했다.

히무라가 설명해 준 바에 따르면 '크리크'를 주최한 ICMCOC에 가입한 나라는 총 17곳.

17개 나라에서 진행한 피아노 부문 지역 예선에서만 두 명씩 올라왔으니 34명의 참가자가 있을 테고.

현악부 역시 같은지라 크리크 국제 음악 콩쿠르의 참가자들만 170명이다.

거기에 ICMCOC 소속의 진행위원들과 기자 그리고 초청된 유명 인사들까지 족히 300명은 넘어 보였다.

"도빈아!"

낭랑한 목소리가 들려 고개를 돌렸다. 최지훈이 반갑게 달려왔다. 그와 그의 집사 할아버지에게 인사했다.

"사람 엄청 많다."

"그러게."

충분히 자고 왔음에도 벌써부터 피로해지기 시작했다.

"도빈아, 저 자리인가 보다."

히무라가 가리킨 곳을 보자 작은 태극기와 내 이름이 적혀 있는 테이블이 있었다. 최지훈의 이름도 적혀 있다.

출전자 좌석은 따로 배정한 모양인지라 히무라와 집사 할아버지는 내빈석으로 향했다.

나와 최지훈만 덩그러니 지정된 좌석에 앉았다.

"엄청 떨린다."

"개최식일 뿐이잖아."

"그래도. 지금 여기 있는 사람들이 앞으로 나랑 콩쿠르에서 계속 볼 사람들이잖아. 친하게 지낼 수 있을까?"

"굳이 그래야 해?"

"사이가 나쁜 것보다는 좋잖아?"

"그건 그러네."

소소한 이야기를 나누고 있자니 사회자가 정면에 마련된 무대 위에 모습을 드러냈다.

상투적인 인사말 뒤에 제1회 크리크 세계 음악 콩쿠르의 취지와 목적 그리고 참가자들에 대한 응원을 남기곤 식순을 진행하는 모양이다.

실은 영어로 말해서 최지훈이 중간 중간 알려주지 않았더라면 조금도 이해할 수 없었을 것이다.

사람도 많고 정신없고 말은 이해할 수 없어 매우 지루하다.

"아, 축하 연주를 시작한대."

"다행이다."

그나마 이 지루함을 잊을 수 있을 것 같다.

"피아노의 황태자라 불리죠. 박수로 환영해 주시기 바랍니다. 가우왕입니다."

사회자와 함께 무대로 오른 사람은 내가 익히 아는 사람이었다.

"가우왕, 가우왕이야."

호들갑을 떠는 최지훈과 마찬가지로 어린 참가자들은 가우왕을 보곤 잠시 웅성거렸다.

이러니저러니 해도 역시 세계에서 가장 인기 있는 피아니스트라는 게 사실인가 보다.

'더 늘었네.'

경연 이후 두 번째 앨범 녹음을 했을 때보다 조금 더 다듬어진 느낌이다.

본인의 단점을 인식한 순간 이렇게 빠르게 성장할 수 있다니, 그 역시 천재임은 분명하다.

이제는 누가 뭐래도 거장의 반열에 들어 나와 비교를 해도 누가 더 우위에 있는지는 그저 듣는 사람의 취향일 뿐이라는 생각이 들 정도로 아름다운 연주였다.

그가 대표곡 페트루슈카의 연주를 마쳤고 라운지에 박수 소리가 가득했다.

카메라 셔터도 요란히 들린다.

"대단해. 정말 대단해! 그치!"

"그래. 좋은 연주였어."

가우왕이 연주를 하기 전보다 더욱 호들갑을 떠는 최지훈에게 맞장구를 쳐주는데 가우왕이 나를 바라보았다.

그 툭툭대는 말투로 '어떠냐, 꼬맹이'라고 말하는 듯해서 '제법이네, 젊은이'라고 되받아쳐 주고 싶어졌다.

"다음은 바이올린의 귀공자, 찰스 브라움의 축하 연주가 있겠습니다. 오늘은 특별히 참가자들을 위해 파이어버드로 연주를 하시겠다고 하네요. 큰 박수로 환영해 주시기 바랍니다."

"뭐래?"

"찰스 브라움이 파이어버드로 연주를 해준대."

"아."

잘못 들은 게 아닌 모양.

예전에 나를 도발했던 놈이다.

이윽고 무대 위에 느끼하게 생긴 남자가 올라왔다. 버터를 뒤집어쓴 것처럼 생긴 밥맛이다.

"저 사람 너한테 욕했었지?"

"욕은 아니지만."

그가 파이어버드를 어깨에 받쳤다.

반주를 해줄 피아니스트와 시선을 교환한 뒤 연주를 시작했는데, 찰스 브라움과 바이어버드의 조화는 놀라운 수준이었다.

'브람스.'

독일 함부르크 출신의 천재 음악가 브람스의 바이올린과 피아노를 위한 스케르초.

그 대담한 전개는 피아노와 바이올린이 묘한 조화를 균형을 이루면서 연주되었는데.

내 이목을 끈 것은 건방진 후배 음악가가 아니라 반주자였다.

'누구지?'

젊다기보다는 어린 여성 피아니스트는 나를 홀리고 말았다. 저만한 실력이라면 미카엘 블레하츠나 가우왕만큼 유명할 텐데.

저렇게 훌륭한 피아니스트가 또 있었다니, 역시 세계는 넓다.

'……멋진데.'

반주를 해주면서 이렇게나 개성을 드러낼 수 있단 말인가. 마치 백조가 나는 광경을 보는 듯하다. 우아하며 품격이 있는 음색의 연주다.

축하 연주가 끝나고 박수를 치는 와중에 최지훈에게 물었다.

"피아노 누구야?"

"글쎄? 처음 보는 사람인데?"

최지훈도 모르는 사람인가.

공손히 인사를 하고 찰스 브라움보다 먼저 무대에서 내려간 그녀에게서 시선을 뗄 수 없었다.

♪

ICMCOC로부터 어린애들 장난을 축하해 달라는 부탁을 받았을 땐 거절하려 했건만.

배도빈이 참가했다는 이야기를 듣곤 이렇게 무대 위에 서게 되었다.

내가 연주하는 파이어버드를 들려주기 위함이었는데 만족스러운 연주였다.

'이만하면 너도 내게 관심이 생기겠지.'

가우왕과의 경연이 그런 식이었으니 이번에야말로 배도빈이 내게 관심을 가질 것이다.

그런데.

'어딜 보고 있는 거야.'

배도빈은 나를 보고 있지 않았다. 연주를 마치고 녀석을 뚫어져라 보았지만 단 한순간도 나를 보지 않았다.

'정말 열받게 하는 꼬마라니까.'

가우왕은 적수고 나는 관심도 없다는 뜻이냐.

'두고 보자.'

그럴수록 녀석의 관심을 더욱 끌고 싶어졌다.

♪

관심도 없는 사람들의 이야기를 지루하게 듣고 마침내 해방되었다.

그 아름다운 연주를 했던 피아니스트가 누군지 알고 싶어 서둘러 히무라를 찾았다.

"히무라, 히무라!"

"여기야! 배고프지? 바로 음식을."

"찰스 브라움의 반주를 해준 피아니스트! 누군지 알아요?"

"어?"

히무라가 잠시 그녀를 떠올리는가 싶더니 고개를 저었다.

"아니. 모르겠는데. 왜?"

"만나보고 싶어서요."

"흐음. 그렇게나 대단한 사람이었나?"

"반주를 해서 그래요. 독주였으면 히무라도 반드시 알아봤을 거예요."

히무라가 조금 흥분한 나를 진정시켰다.

"알겠어. 일단 밥부터 먹자. 한번 알아볼게."

아쉽지만 이 이상 바랄 수는 없었기에 적당히 음식을 담아와 테이블 앞에 앉았다.

"그렇게 대단한 사람이었어?"

나와 히무라의 대화를 들은 최지훈도 물었다.

고개를 끄덕이며 긍정하고 있는데 가우왕이 툭툭 대는 말투로 인사를 건넸다.

"어땠냐, 꼬맹아."

"제법이었어요."

"제법이라니, 너 인마."

"앉아요."

히무라와도 짧게 인사를 나눈 가우왕이 내 옆에 앉았다.

"가, 가, 가."

최지훈이 이상한 소리를 낸다.

모두 녀석을 보았는데 아무래도 가우왕을 만나게 되어 기쁜 듯했다.

"네 친구 어디 안 좋은 거 같은데?"

"가우왕 팬이라서 그래요."

"그래?"

가우왕이 최지훈과 눈을 마주하고 웃었다.

"너도 피아니스트냐?"

"도, 도빈아, 가, 가우왕이 뭐라고 하신 거야?"

"너도 피아니스트냐고 물었어."

이 감자 그라탕 꽤 맛있다.

"아, 아뇨! 피아니스트라니. 그, 그냥 피아노가 좋아서 열심히 치고 있어요."

이 내가 이미 피아니스트라고 인정했건만 녀석이 또 겸손한 척을 한다.

"……뭐라는 건지 모르겠는데. 통역 좀 해봐. 그 미칠 듯이 단 그라탕 좀 그만 먹고."

"언젠가 당신을 꺾을 정도로 훌륭한 피아니스트가 될 거래요."

"뭐? 아주 건방진 녀석들끼리 친구가 되셨구만."

가우왕이 파스타를 입에 넣으며 불평했다.

"하아. 가우왕과 같이 저녁을 먹게 되다니. 정말 꿈만 같아."

"좋겠네. 근데 피아니스트가 아닌 사람한테는 관심 없대."

"어?"

"……도빈아."

양쪽 말을 모두 알아들을 수 있는 히무라가 장난은 그만하라는 식으로 말했지만 그럴 생각은 없다.

최지훈은 본인에 대해 좀 더 자부심을 가질 필요가 있다.

그러고 보니 가우왕이라면 혹시 알지 않을까 싶어 물었다.

"아까 찰스 브라움 연주 때 반주한 피아니스트 누군지 알아요?"

"아, 역시. 너도 신경이 쓰였구만?"

"알아요?"

"몰라."

'이 녀석이 누굴 놀리나.'

"나도 처음 봤어. 그 정도 실력이면 알려지지 않은 게 이상하다 생각했지."

"그러니까요. 가우왕보다 잘하던 것 같은데."

"웃기지 마, 꼬맹아. 다시 붙어?"

"30년은 더 연습하고 오세요."

잠깐 으르렁댄 뒤 웃고 말았다.

그도 알고 있을 것이다.

이미 가우왕의 연주는 거장의 반열에 들었다고 하기에 충분. 그 이상은 취향의 문제라 누가 더 위에 있다고 할 수 없다.

사카모토 료이치가 '배도빈의 피아노는 나보다 낫다'라고 하지만 나는 인정하지 않는 것처럼 말이다.

가우왕도 지금의 본인과 내 경연이 의미 없다는 것 정도는 알 것이다.

"그런데 갑자기 이런 데는 왜 나온 거야? 역시 쇼팽 콩쿠르 때문인가?"

"얘 때문에요."

최지훈을 보며 말했다.

"……이 꼬마가 그렇게 잘해?"

"앞으로 그렇게 될 거예요."

"흐음."

최지훈이 나와 가우왕을 순진한 얼굴로 번갈아 보았다.

"얼빵해 보이는데. 생긴 것만 봐선 부잣집 도련님인데."

"부잣집 도련님 맞아요."

"그래서 그렇게 건방졌구만. 너도 그렇고 부잣집에서 크면 다 그렇게 건방지게 되냐?"

"그러는 가우왕도 별로 다르지 않은 것 같은데요."

"칫."

아무래도 가우왕에게 최지훈은 나와 같은 부류로 취급받는 모양이다.

이런저런 이야기를 나누며 식사를 마쳤다.

"모레 응원 올 거예요?"

"내가 그렇게 한가한 사람처럼 보이냐?"

대답하지 않고 그를 올려다보자 어쩔 수 없다는 듯 그가 한숨을 짧게 내쉬었다.

"결선에는 보러 올 테니까 준비나 잘해. 혹시라도 떨어졌다간 가만두지 않을 거야."

"그럴 일 없어요."

"그래."

가우왕과 인사를 하곤 돌아서는데 뒤에서 핸드폰 안내 음성이 어색하게 말했다.

"사인 좀 해주세요. 팬이에요."

"……."

돌아보니 최지훈이 어디서 구했는지 사인지와 펜을 가우왕에게 향하고 있었다.

가우왕은 그것을 물끄러미 보다가 내게 물었다.

"어이, 이 꼬맹이가 지금 나 놀리는 건가?"

다음 날.

어머니와 함께 니아 발그레이의 집을 방문했다.

"어서 와."

"오랜만이에요, 악장."

무척 건강해 보이는 얼굴을 보고 내심 안도했는데 내 생각보다 훨씬 상황은 심각했다.

이승희에게서는 귀가 안 좋아졌다고만 들었는데 손에도 마비가 온 것이다.

대체 무슨 병인지.

현대 의학으로도 어떻게 치료할 수 없다고 한다.

"재활을 꾸준히 하면 일상생활은 할 수 있지만 아무래도 연주는 이제 못 할 것 같아."

니아 발그레이는 담담히 자신의 상황을 알려주었다. 그의 초연한 태도 때문에 더욱 가슴이 아팠다.

"참, 크리크에 출전했다며?"

"네. 그렇게 되었어요."

"좋은 일이야. 하고 싶은 일이 있으면 마음껏 해야지. 세프는 네가 악장 오디션을 보지 않아서 서운해했지만."

"덕분에 아직도 안 뽑은 모양이더라고요."

"응. 다른 악장들도 불만이 많더라고. 4명이서 하던 일을 3명이서 하게 되었으니까."

본래 네 명의 콘서트마스터가 일정에 맞추어 돌아가며 악장 역할을 수행하는 베를린 필하모닉으로서는 확실히 니아 발그레이의 부재를 실감할 수밖에 없을 것이다.

뭐라 말해야 좋을지 몰라 그를 보고 있을 뿐이었는데 니아 발그레이가 상냥하게 말했다.

"세프뿐만 아니라 나도 네가 베를린 필하모닉에 와줬으면 해."

"악장……."

"너라면 나보다 더 잘할 수 있을 테니 좀 더 멋진 베를린 필이 될 거야. 그렇지?"

그의 말에 대답하지는 못하고 헤어졌다.

어머니와 천천히 빈 거리를 걸었다.

"푸르트벵글러 씨도 발그레이 씨도 도빈이를 많이 좋아하는 것 같네?"

"그런 것 같아요."

"베를린 필에 들어가고 싶니?"

"아직은요. 좀 더 알고 싶은 게 많으니까."

세상은 넓고 내가 살았던 시대와 지금은 너무나 많은 '음악'이 축적되어 왔다.

나는 아직 그것들을 전부 파악하지 못했기에 아직은 어딘가에 소속되고 싶지는 않았다.

그러고 나서야 푸르트벵글러처럼 베를린 필이라는 최고의 악기를 멋지게 연주할 수 있을 테니 말이다.

"그래."

어머니와 그렇게 빈의 거리를 계속 걷는데 첫인상과는 조금 다르다. 차를 타고 바라본 빈은 예전과 너무나 달라져 있었는데, 중심지에서는 꽤 예전 모습을 느낄 수 있었다.

어머니와 함께 점심도 먹고 쇼핑도 하며 시간을 보내자 어느덧 노을이 지기 시작했다.

"이제 돌아갈까?"

내일은 크리크 예선을 치러야 하니 숙소로 돌아가 쉬는 게 맞다.

"네. 여기서 멀지 않을 것 같아요."

"택시 잡으려 했는데. 벌써 길을 외운 거야?"

"……스마트폰 지도로 봤어요."

대충 예전 모습을 떠올리며 이동 경로를 떠올린 것뿐인데 어떻게 대답해야 하나 고민하다 핸드폰 핑계를 댔다.

"아. 그렇구나. 요즘 애들은 정말 빠르다니까. 어떻게 하는 건지 엄마한테도 알려줄래?"

곤란하다. 할 줄 모른다.

"호텔에서 알려드릴게요."

도착하면 히무라에게 알려달라고 해야겠다.

그렇게 천천히 걷는데, 어디에선가 피아노 소리가 들렸다.

♬♪♬♪

♬♩♬♬

워낙 예술 하는 사람이 많은 곳이라 거리를 걷는 도중에도 피아노뿐만 아니라 여러 연주를 들었지만.

다르다.

'이건 대체.'

브람스의 헝가리 무곡.

그중에서도 가장 독특한 5번을 편곡해 연주하고 있다.

즉흥인지 아니면 누군가 만들어둔 것인지는 모르겠지만 한 가지 확실한 것은 계속 듣고 싶다는 생각이 들었다는 사실이다.

'……'

"도빈아?"

"잠깐만요."

나도 모르게 이 정열적인 연주에 이끌려 소리가 나는 쪽으로 향하자 작은 건물이 나왔다.

문을 슬쩍 열려고 하자 어머니께서 깜짝 놀라 나를 저지하려 하셨다.

"도빈아, 갑자기 왜 그래?"

그 순간 피아노 연주 소리가 멈추었다.

"누구세요?"

여성의 목소리.

곧이어 문이 열렸다.

"죄송해요. 아이가 피아노 소리가 너무 좋아서 실수를 했어요."

어머니께서 그녀에게 사과를 했는데 나는 문을 연 여성을 보고 깜짝 놀라 사과할 생각도 하지 못했다.

찰스 브라움의 반주를 해주었던 피아니스트였다.

"아!"

"아!"

나와 그녀가 동시에 소리를 질렀다.

"배도빈, 배도빈이잖아!"

"반주자!"

어머니께서 나와 반주자를 번갈아 보시더니 내게 물으셨다.

"아는 분이시니?"

"아뇨. 어제 크리크 개최식에서 축하 연주를 한 사람이에요."

깜짝 놀랐는데 개최식에서 들려주었던 연주와 얼핏 들었던 헝가리 무곡 5번 연주는 전혀 달랐다.

곡 자체가 다르기야 하지만 반주를 했을 때의 이미지는 온데간데없이 너무도 정열적이었기에 설마 동일 인물이리라곤 생각지 못했다.

"모르는 분이시잖니."

어머니께서 반주자에게 고개를 숙이며 다시 한번 사과를 하셨다.

"죄송해요. 제가 잘 타이를게요."

"아니에요. 전혀! 세상에. 내 집에 배도빈이 오다니. 이건 기적이야."

"……네?"

어머니가 한 번 더 당황하셨다.

"그러지 말고 커피 한잔하고 가실래요? 캔커피뿐이지만."

"하지만."

"네."

이 기회를 놓칠 순 없다.

"도빈아."

"괜찮아요. 들어와요."

어머니는 이내 포기하셨는지 나와 함께 그녀의 집으로 들어갔다.

어떻게 생겨 먹은 사람인지 좁은 방에 피아노 한 대와 악보가 전부다.

"여기."

그녀가 냉장고에서 캔커피를 꺼내 나와 어머니에게 주었다.

무려 9년 만에 커피를 마실 수 있단 생각에 캔을 뜯으려는데 어머니께서 내게서 캔커피를 뺏어가셨다.

빈틈이 없다.

"도빈이는 아직 어려서 죄송하지만 마음만 받을게요."

"아! 그렇죠. ……어쩌지. 내올 게 없는데."

"괜찮아요. 갑자기 찾아온 걸요. ……도빈아, 대체 여긴 왜 온 거야?"

"이 사람 연주가 너무 좋아서요."

어머니는 내 대답에 황당하신 듯 입만 뻥긋하셨고 중간부터 한국말을 한지라 알아듣지 못한 반주자는 그저 방끗 웃고 있을 뿐이었다.

어쩌다 보니 이렇게 만났지만 그녀에 대해 알 수 있게 되어 기쁘다.

먼저 소개부터 해야겠지.

"저는."

"알아. 배도빈. 두 번째 앨범 너무 좋았어."

"……."

아는 것 같으니 소개는 넘기고 본론을 꺼냈다.

"어제 개최식에서 찰스 브라움의 반주를 하셨죠?"

"응. 아, 혹시 거기 있었던 거야?"

"네."

"세상에. 어떻게 찾아왔어? 찰스 브라움은 내가 누군지도 모를 텐데."

협연자에 대해 모르다니.

대체 어떻게 그럴 수가 있나 했더니 묻지도 않은 말을 수다스럽게 꺼내기 시작했다.

어떻게 찾아왔냐고 물었으면서 대답도 안 듣고 말이다.

"며칠 전에 집주인이 월세를 못 낼 거면 아르바이트라도 하라 했는데 어쩜? 찰스 브라움하고 협주를 하게 된 거야. 근데 사람은 좀 별로더라. 가타부타 말도 없이 연주 한번 듣더니 바로 하자고 하더라고."

'그야 그만한 실력이니까.'

찰스 브라움이 일을 대충하는 게 아니라 이 여자의 실력이 너무도 뛰어난 것이다.

'아니.'

완성되어 있다는 느낌은 아니다.

그러나 그 어떤 곳에서도 들어보지 못한 특별함을 지니고 있다.

분명 찰스 브라움도 그것을 봤을 것이다.

"그런데, 어떻게 찾은 거야?"

"걷다가 헝가리 무곡 5번을 들었어요. 소리를 따라오다 보니 여기로 왔고."

"그렇게나 멀리까지 들려? ……옆집 사람이 시끄럽다고 욕하는 게 정말인가 보네."

딱 봐도 방음 따위 절대 안 될 것 같은 허름한 건물이다.

게다가 그렇게나 열정적으로 연주를 해대니 옆에 사는 사람이 뭐라 하는 것도 이해는 된다.

"이름이 뭐예요?"

"아하하! 그러고 보니 아직 소개를 안 했네. 나나 케베리히라고 해. 음…… 보다시피 백수고."

"케베리히?"

"응."

"……."

케베리히라니 이 무슨 운명이란 말인가.

"저기, 내 연주 어땠어?"

"네?"

잠시 생각에 빠져 있는데 니나 케베리히가 자신의 연주에 대해 물었다.

"어땠냐구."

"한 곡 연주해 주면 말할게요."

"좋아. 리퀘스트는?"

"……베트호펜 소나타 32번. C단조."

"엑. 어렵잖아."

나지막이 대답하자 니나가 인상을 쓰며 엄살을 부렸다.

그러나 이내 피아노 앞에 앉아 내 마지막 피아노 소나타를 연주하기 시작했다.

♪

1787년 7월.

세상이 끝내 무너지고 말았다.

여러 거장이 모여 있는 빈으로 향하고 얼마 뒤, 저주하는 남자로부터 도착한 편지에는 어머니가 위독하다는 내용이 담겨 있었다.

어머니. 나의 어머니.

어머니는 단 하나의 희망조차 없이 슬픔과 비탄의 사슬에 얽매여 계셨다.

태어나자마자 죽은 형제.

매일 술에 찌들어 폭력을 휘두르는 빌어먹을 요한. 저주하는 요한!

가난.

라인가세의 집이 수몰되었을 때조차 나와 동생들을 구하기 위해 무리하시더니 결국.

이렇게 폐렴으로 돌아가시고 말았다.

조금만.

내게 조금만 더 시간이 있었더라면.

조금만 더 빨리 돈을 벌었더라면.

차라리 요한을 죽였더라면!

어머니께서 이렇게 돌아가시진 않았을 것이다.

"끄윽. 끄으으윽."

결국 슬픔을 비집고 눈물이 나오고야 말았다.

'어머니.'

어머니의 장례는 소박했던 결혼식보다 더욱 초라했다.

가족은 모두 반대했지만 가진 돈을 모두 써 본의 알터 프리토프의 묘지에 어머니의 묘를 만들고 비석을 세웠다.

나를 진심으로 사랑했던.

내가 유일하게 사랑하는 어머니의 이름을 새겼다.

HIER RUHT DIE MUTTER

BEETHOVENS MARIA

MAGDALENA BEETHOVEN GEB KEVERICH GEST.

17.JULI.1787

어머니와 같은 성을 가진 피아니스트가 내 슬픔을 위로하듯 연주를 마쳤다.

"어머."

나도 모르게 옛 생각이 나 눈물이 나왔는데 어머니께서 당황하셨다.

"도빈아, 왜 그래?"

"아니에요. 괜찮아요."

눈물을 훔치곤 니나를 보았다.

어머니의 모습은 조금도 남아 있지 않지만 어머니의 옛 성 케베리히를 이은 이 피아니스트는 여태껏 내가 본 가장 빛나는 보석이었다.

그녀의 온전한 독주를 듣고선 나는 니나 케베리히의 팬이 되어버렸다.

"좋은 연주였어요."

"갑자기 울어서 놀랐어. 내 연주가 그렇게 괜찮았어?"

"최고였어요. 연주회가 있다면 꼭 보러 갈게요."

내 말에 니나가 깔깔 웃었다.

"연주회는 무슨. 나 같은 무명이."

'무명?'

발이 넓은 히무라나 다른 사람들도 몰라서 의아하긴 했는데 본인 입으로 들으니 이상하다.

"무명이라뇨?"

"뭐, 그런 일이 있어. 그래도 배도빈한테 칭찬 들으니까 기분 좋은데?"

니나가 씩 웃더니 내게도 연주를 부탁했다.

"한 곡 듣고 그냥 갈 생각은 아니지?"

털털하면서도 왠지 모르게 친근하게 느껴지는 그 말투에 고개를 끄덕였다.

"뭘 듣고 싶어요?"

"나도 베트호펜. 소나타 G장조 2번!"

"베트호펜 좋아해요?"

32번 C단조를 너무나 훌륭히 연주하고 또 내 곡을 요청하기에 물었다.

"그럼. 독일사람 중에 베트호펜 안 좋아하는 사람 있어?"

넉살 좋은 대답에 씩 웃곤 연주를 시작했다.

이렇게 연주하는 방법은 알고 있냐고.

이 천방지축, 자유로운 피아니스트에게 묻듯이 연주했다.

연주를 마치자 니나가 눈을 감고 고개를 살랑거리고 있었다.

그러곤 이내 손뼉을 치며 웃었다.

"와. 내가 상상했던 연주랑 똑같아."

내 연주를 따라 하는데 무척 즐거워 보인다.

그렇게 잠시간 서로의 연주에 대해 이야기를 나누니 어느새 해가 져 있었다.

"도빈아, 이제 돌아가야지."

"네."

시간이 늦었기에 오늘의 만남은 아쉽지만 끝내야 할 것 같다.

"그럼 잘 가! 진희 씨도 잘 가요!"

"다음에 또 봐요."

"응. 그럴 수 있으면 좋겠네."

"핸드폰 번호 알려줘요."

"지금 번호 따는 거야?"

'뭐라는 거야.'

나와 어머니의 반응이 싸늘하자 농담이 먹히지 않은 니나가 어깨를 으쓱이곤 답했다.

"히힛. 핸드폰 없어. 대신 여기 집주인 번호를 가르쳐 줄게. 밤이나 아침에는 연락하면 안 돼. 화를 내니까."

그녀가 내게 쪽지를 하나 주었다.

"그럼 실례했어요."

"아니에요. 저도 재밌었어요."

어머니와 니나가 인사를 나누었다.

팔을 힘차게 흔들어 배웅하는 니나를 보며 나도 따라해 주었다.

"도빈아 착한 사람이라서 다행이지 모르는 사람 집에 막 들어가면 안 돼. 큰일 나. 도빈이 방에 막 들어가면 도빈이도 화나지?"

맞는 말이다.

예전의 나였다면 커피잔을 던졌을 것이다.

"네. 다음부터는 안 그럴게요."

"그래. 착하다."

어머니께서 내 뺨을 어루만지셨다.

"그럼 돌아갈까?"

"네."

"……여기가 어디지?"

"……."

피아노 소리를 좇아 골목을 몇 번 들어왔는데 나도 여기가 어딘지 모르겠다.

큰길이었으면 대충 찾아갈 수 있을 것 같은데 밤이기도 한지라 길을 잃었다.

"도빈아, 스마트폰으로 길 좀 찾아볼래?"

"……."

핸드폰을 꺼내 히무라에게 전화를 걸었다.

잠시 후.

호텔에 도착해서는 어머니와 함께 따로 방을 잡았다.

어머니와 통화를 하고 어렵사리 나를 찾은 히무라는 생각보다 귀가 시간이 너무 늦어져 우선 푹 쉬라고 말했다.

"그럼 쉬어."

"잠깐만요, 히무라."

"왜?"

"혹시 샛별 엔터테인먼트에 사람 한 명 더 받을 생각 없어요?"

"사람? 말했지만 지금 수입으로는."

"아뇨. 직원 말고요. 피아니스트."

"그것도 네가 좀 더 크기 전까지는 계획 없어."

"대단한 사람이 있어요."

"대단해? 누구?"

"어제 개최식에서 찰스 브라움 반주했던 피아니스트요."

"아. 하지만 아직 누군지도 모르고."

"방금 만나고 오는 길이에요."

"뭐?"

그녀가 얼마나 대단한 사람인지 설명하자 히무라는 턱을 쓰다듬으며 고민했다.

"네가 그렇게까지 말할 정도라면 실력은 확실할 텐데. 왜 지금까지 알려지지 않았지?"

그건 모른다.

"하지만 실력만큼은 확실해요. 분명 블레하츠나 가우왕처럼 금방 유명해질 거예요."

음악과 귀와 가슴은 솔직하다.

그만한 피아니스트라면 금세 사랑받을 거라 확신했다.

몇 군데 손볼 여지는 남아 있지만, 그녀에게는 그런 것 따위 흠으로조차 보이지 않을, 특별함이 있다.

"여기."

"이게 뭐야?"

"핸드폰이 없다고 해서 집주인 번호를 받았어요. 옆에는 주소고요."

"흐음."

"내일 콩쿠르 예선은 괜찮으니까 니나를 만나러 가주세요. 히무라가 직접 듣고 판단해 줘요."

"하지만 지금 투자할 여력은."

"제 사비로 할게요. 니나가 샛별 엔터테인먼트와 계약을 하면 제가 투자자가 될 거예요."

"……그건 나중에 말해보자. 그래. 알았어. 네가 이렇게까지 말하니 한번 보러 갈게. 겸사겸사 어떤 사람인지 좀 알아보고."

"네."

그렇게 하루가 마무리되었다.

· 27악장 ·

9살, 크리크 국제 음악 콩쿠르

다음 날 어머니와 함께 예선장을 찾았다.

B조라서 오늘은 연주를 하지 않아도 되는 최지훈이 끈덕지게 같이 가자고 해서 어쩔 수 없이 함께 왔는데 건물에 들어서기도 전에 기자들이 몰려들었다.

"어떤 곡을 연주할 예정입니까?"

"오늘 일본의 타마키 히로시로부터 라이벌로 지목당하셨는데 한 말씀 부탁드립니다!"

'그게 누군데.'

처음 듣는 개뼈다귀 같은 이름이다.

"강력한 우승 후보로 알려져 있습니다. ICMCOC의 첫 국제 콩쿠르에 참가하는 각오는요?"

그중에 아는 얼굴이 몇몇 있었지만 워낙 정신이 없어 여러 마이크에 대고 한 번에 답했다.

"우승은 얘가 한대요."

내 옆에서 기자들 사이에 끼어 낑낑대고 있던 최지훈이 깜짝 놀랐다.

"어?!"

"누구십니까! 참가자입니까?"

"배도빈 군과는 어떤 관계죠?"

"우승을 자신하는 근거는 무엇입니까?"

"자, 자, 자, 잠깐만요. 도빈아! 도빈아!"

"최지훈. 한국 지역 예선에서 2등을 한 최지훈이죠?"

"아. EI전자 최우철 아들이잖아!"

"피아노는 언제부터 시작하셨나요? 배도빈 군과는 친한가요?"

"그…… 네. 아버지 성함은 맞고 피아노는 다섯 살부터……. 네. 친해요. 도빈아, 가지 마. 어디 가."

울먹이는 게 곧 울 것 같은데 대답은 또 곧잘 한다.

언론의 주목을 받는 최지훈을 보니 절로 뿌듯해졌다.

덕분에 나와 어머니는 편안히 건물로 들어갈 수 있었다.

"지훈이 괜찮을까? 사람 너무 많던데."

"집사 할아버지도 있으니까요."

저렇게 최지훈에 대한 방송이나 기사가 생기면 강압적인 녀석의 아버지도 조금은 덜 괴롭힐 거라 생각했다.

'올 사람은 다 왔네.'

대기실에는 스무 명 남짓 있었다.

"아직 다들 안 온 모양이네?"

"대부분 왔을 거예요. 오늘은 A조만 하거든요."

"나누어서 치르는 거구나?"

히무라가 크리크의 진행방식을 알려줬는데 간단했다.

예선은 A와 B로 나뉘어 하루 간격을 두고 과제곡을 연주한다.

과제곡은 또 내 소나타 중에 두 곡을 고르는 거였는데 왜 콩쿠르마다 과제곡으로 정해져 있냐는 질문에 만족스러운 답을 들을 수 있었다.

'베토벤의 소나타가 교과서니까.'

내가 죽은 뒤 많은 음악가가 내게서 영향을 받았다는 말까지 하며 음대에서 배운 지식을 전달하는 히무라와 후대 사람들이 기특했다.

"너무해!"

마침 최지훈도 대기실로 들어왔다.

"왔어?"

"어떻게 날 버릴 수 있어?"

"버리다니. 어디까지나 네가 주목받길 바란 거야."

"우승한다는 말까지 할 필요는 없었잖아! 얼마나 난감했는지 알아?”

“우승할 생각 아니야?”

“……어?”

“우승할 생각이 아니면 왜 나온 거야.”

최지훈이 잠시 망설이더니 고개를 끄덕였다.

“응! 우승할 거야.”

‘착한 녀석.’

녀석에게 질 생각은 없지만, 그렇다고 최지훈의 우승을 바라지 않는 것은 아니다.

도리어 진심으로 응원한다.

그렇게 잠시 소란이 마무리되었다.

어머니께서는 일정을 헤아리듯 손가락을 접으셨는데 뭔가 이상하다고 생각하셨는데 다시 한번 물어보셨다.

“도빈아, 일정이 보름이라고 하지 않았어? 그럼 본선은?”

“예선 일주일 뒤에 한대요. 결선도 본선 일주일 뒤에.”

“과제곡이 많은데 그걸 다 할 수 있는 거야? 몇 명이나 뽑는데?”

“각 조에서 5명씩 올라간대요.”

“다들 자기 나라에선 잘하는 애들일 텐데 생각보다 적네.”

“결선은 4명밖에 못 올라가요!”

어머니의 감상을 최지훈이 받아주었다.

내가 생각해도 꽤 빠듯한 일정이었는데 보통 이런 식으로 진행하나 싶다.

예선이 끝나면 본선 과제곡이 주어지는데 그 간격이 일주일 뿐이라 어린 참가자들이 얼마나 소화를 해낼 수 있을지 조금 걱정이었다.

특히 하나의 곡을 완성하기 위해 수백 시간을 들여 노력하는 최지훈에게는 그리 좋은 조건은 아니다.

물론 일반적으로 생각해도 너무 짧고.

'한 달에서 두 달은 줘야 할 텐데.'

연주의 깊이와 숙련도를 위해서라도 그게 적당한 기간이다.

모니터에 사회자가 나와 뭐라 이야기를 시작했고 심사위원들의 모습이 잠시 화면에 비쳤다.

'아니, 왜 여기 있어?'

그간 연락이 안 되어 이상하게 생각했는데 사카모토 료이치가 심사위원석에 앉아 있었다.

심사위원만 12명이라 잠깐 스쳐 갔지만 사카모토를 못 알아볼 리 없다.

전화도 안 받고 메시지도 안 열어보더니 심사위원이 되어 괜한 말이 안 나오도록 한 것 같다.

그런 철저한 점이 좋지만.

'심사위원이 되었다고 말이라도 했으면 좋았잖아. 누가 잘

봐달라고 하나.'

심술이 났다.

첫 연주자는 러시아에서 온 녀석이었다.

"아, 엘리자베타 툭타미셰바야."

"뭐?"

"러시아 지역 예선에서 1등한 사람인데, 작년부터 국제 콩쿠르에 많이 나오고 있어. 타건이 엄청 빠르고 정확해."

"……."

그런가 보다.

엘 어쩌고가 연주를 끝냈다.

확실히 러시아에서 1등을 했다는 수준이긴 하지만 미카엘 블레하츠나 가우왕에 비해서는 턱없이 부족하다.

"와. 장 니콜라 아르튀르 라스타야."

"……."

"프랑스 사람인데 18살이래. 국제 청소년 콩쿠르에 많이 나왔었어. 아마 프랑스 지역 예선에서는 2등을 했을 거야."

그런가 보다.

"우와! 벨기에의 자코 반 스토펠 베르통언이야!"

"그만해."

여름날 매미처럼 설명을 해대는 통에 결국엔 그만하라고 말해 버렸다.

도대체 평소에 뭘 하고 지내기에 이런 꼬맹이들의 이름과 특징까지 외우고 다니는 건지 신기할 따름이다.

연주자들이 대체로 기억력이 좋은 것은 사실이지만 얘는 도가 지나치다 싶을 정도다.

'오타쿠.'

그래. 피아노 오타쿠라 하는 게 맞겠다.

'뭐, 그것도 재능이겠지.'

최지훈만큼이나 악기로서의 피아노와 피아노를 연주하는 행위 그리고 피아노계 모두 관심을 가지고 미친 듯이 파고드는 사람도 몇 없다.

피아니스트들 마다 설명을 해대서 조금 거부감이 들었지만 곰곰이 생각해 보니 피아니스트로서 이보다 좋은 것도 없다고 생각해서 풀이 죽은 친구를 달래주었다.

"미안. 말이 심했어. 저 사람은 누군데?"

"힝."

"……미안."

"알고 싶어?"

"……알고 싶어."

최지훈이 다시 신나서 설명을 하는데 어쩔 수 없이 들어주는 나를 보곤 어머니께서 슬쩍 미소를 지으셨다.

예전에 나였다면 상상도 못 할 행동인데 확실히 나도 많이 부드러워진 모양이다.

그렇게 7번째 참가자의 연주가 끝나갈 무렵, 누군가 내 앞으로 왔다.

"일본어는 할 수 있겠지?"

'이건 또 뭔 개뼈다귀야?'

의자에 앉은 채 올려다보자 소가 핥은 머리카락을 한 소년이 서 있었다. 소년이라고 하기엔 좀 더 키가 컸는데 중학생이나 고등학생쯤 되어 보였다.

"할 줄 몰라?"

"관심 없으니까 돌아가."

"흥. 천하의 배도빈도 내가 무섭긴 한가 보지?"

"어, 타마키 히로시!"

어느새 콩쿠르의 설명위원이 된 최지훈이 이 건방진 꼬맹이에 대해 또 읊기 시작했다.

"알아?"

"응! 일본에서 엄청 유명한 애야. 16살이고 올해 전 일본 청소년 콩쿠르에서 우승도 했어."

역시 성능 좋은 설명서다.

"그리고…… 널 이기고 크리크에서 우승하겠다고 말했어."

"날?"

얘가?

"크크크크크."

어이가 없어 웃음이 나오고 말았다.

"뭐, 뭐야. 갑자기."

"도빈아 갑자기 무섭게 왜 그래."

최지훈이 당황한 듯 물었지만 지금은 이 건방진 꼬맹이에게 한마디 해줘야 할 것 같다.

"누군가 했더니 그 건방진 꼬맹이가 너였구만?"

예전에 히무라와 이시하라 린이 말해주었던 놈인가 보다. 관심 없어 신경 쓰지 않았건만 이번에는 본인이 직접 오니 그간 기자들이 일본에 라이벌이 있다는 둥, 어떻게 생각하냐는 둥 괴롭혔던 게 떠올랐다.

"뭐라고?"

"헛짓 그만하고 그럴 시간 있으면 가서 엄마 젖이나 더 먹고 와."

피아니스트라면 적어도 연주로 말해야 하는 법.

언론과 타인의 유명세를 이용해 유명해지려는 소인배는 수도 없이 만나 봤다.

그중에 정말 가치 있는 인간이라곤 듣지도 보지도 못했다.

-다음 순서는 일본의 타마키 히로시입니다.

"치잇."

주먹을 꽉 쥐고 부들부들 떨던 녀석은 자기의 이름이 불리자 대기실을 박차고 나갔다.

"도빈아, 저 애가 왜 저러는 거니?"

어머니께서 걱정스레 물으셨다.

"사인해 달라고 했는데 싫다고 했어요."

"해주지 그랬어. 많이 서운해 보이던데."

"다음에 보면 해줄게요."

멀리서 떠들던 건 신경 쓰지 않았지만 직접 와서 시비를 걸다니.

어린 치기를 부드럽게 봐줄 성인은 못 된다.

다음에 보면 먼저 와서 사인을 해달라게 만들어줄 생각이다.

"ICMCOC에서 심사를 부탁했습니다. 사카모토 선생님과 도요토미 선생님을 지목했네요."

'흐음.'

처음 ICMCOC에서 심사위원직을 맡아 달라 했을 때는 고민이 많았다.

도빈 군이 나오는 걸 아니 자칫 잘못했다간 괜한 이야기가 나올 수도 있으리라 생각했다.

거절하는 게 옳다.

굳이 내가 심사위원이 되어 도빈 군과의 친분을 근거로 의심받을 필요는 없다.

그리 생각했는데.

'쯧쯧.'

한심한 작자들 같으니.

일본이 배정받은 심사위원 자리에 피아노 협회 인물이 둘 있는데, 그들의 작당을 듣고 만 것이다.

'배도빈 때문에 타마키 군이 우승 못 할지도 모르니 적당히 점수 맞추자고.'

도빈 군이 세상에 모습을 드러내고 전 세계가 '어린 천재'에 열광하게 되었다.

그것은 일본 역시 마찬가지.

기어이 재능 있는 아이를 한 명 데려다, 도빈 군의 대용품으로 쓰려 한다.

굳이 그런 짓을 하지 않아도 충분히 훌륭한 피아니스트가 되었을 터인데.

타마키 히로시란 아이가 불쌍할 뿐이다.

"받아들이겠네."

"아…… 그러십니까? 하지만 분명 바쁘시니 굳이 수락하실 필요는."

"아니오. ICMCOC 같이 의식 있는 단체에서 요청했으니 거절할 수도 없는 노릇이지. 심사위원직 받아들이겠네."

"크흠. 흠. 알겠습니다."

저대로 두면 분명 두 명 모두 도빈 군에게 좋지 않은 점수를 줄 터.

나라도 한 자리 차지해야 한다고 생각했다.

크리크 국제 음악 콩쿠르 피아노 부문의 A, B조 예선이 끝났다.

곧 각 참가자들에 대한 평가가 합산되었다.

총 18명의 심사위원들이 한 선수에게 줄 수 있는 점수는 0점에서 10점까지.

이를 모두 합산하여 가장 큰 숫자를 얻은 참가자부터 본선에 진출하게 되었다.

그러나 심사표를 본 사카모토 료이치의 표정은 좋지 않았다.

'이렇게 대놓고 할 줄이야.'

TR이란 이니셜과 Mr. Do-bean Bae란 이름이 만나는 지점에는 숫자 1이 적혀 있었다.

"아, 사카모토. 아직 돌아가지 않으셨군요."

누군가 심사위원실에 남은 사카모토 료이치를 불렀다.

"오. 고생했네, 윈스턴."

사카모토 료이치와 함께 세계 최고의 피아니스트이자 작곡가로 유명한 미국 출신의 남자였다.

"고생하셨습니다. 어떻습니까. 이 뒤에 한잔하는 게."

"하하. 좋은 일이네만 늙어서 그런지 술을 마시면 잘 못 자서 말이야."

"그거 아쉽군요. 그런데 왜 아직……. 사카모토도 보셨군요."

"음."

보리스 윈스턴이 사카모토가 들고 있는 심사표를 보곤 작게 한숨을 내쉬었다.

"이해할 수 없는 판정입니다. 도요토미 씨의 채점은."

"나도 같은 생각일세."

음악평론가로 유명한 도요토미 류토는 음악계에서 꽤 잘 알려진 사람이었다.

비록 의혹을 남기고 교수직을 내려놓았으나 한때는 산타마르크 대학 음대 피아노과 교수로도 역임한 전력도 있었다.

31개 나라의 클래식 음악 협회가 모여 창설된 ICMCOC에서 심사위원직을 의뢰할 만한 사람이었다.

그러나 그의 행동은 다분히 비상식적이었다.

"지미도 황당해하더군요. 말도 안 되는 사람이 심사위원으로 들어왔다고. 혹시 일본 협회에서 무슨 일이 있었습니까?"

"뻔하지. 자국민 밀어주기지 않은가."

"이렇게까지 대놓고 하면 도리어 문제가 생길 텐데요."

"상임 이사국이니 아마 적당히 넘어갈 수 있다고 생각하는 걸 테지. 미련한 인간들."

ICMCOC에는 경제적, 환경적 인프라를 투자해 국제 클래식 음악 경연 조직위원회를 주도적으로 설립한 나라가 있었다.

독일, 프랑스, 일본, 중국.

이 네 나라는 상임 이사국의 자격을 가지게 되고 ICMCOC의 여러 행사를 지원하는 대신 특권을 누릴 수 있었다.

제1회는 역사적 상징으로 오스트리아 빈에서 개최했지만, 2년에 한 번 개최하는 '크리크'를 상임 이사국에서 여는 권리가 그 첫 번째였으며.

두 번째는 해당 조직위원회에 어떠한 안건이 생겼을 때 상임 이사국 모두가 찬성해야만 진행할 수 있다는 내용이었다.

"정말 상식 밖의 인간이군요. 그런 와중에 총점 1위를 한 배도빈도 대단하지만."

"껄껄껄. 수준 차이가 너무 많이 나서지. 도빈 군이 가장 먼저 연주했더라면 차이가 더 벌어졌을 걸세. 안 그런가?"

보리스 윈스턴이 고개를 끄덕였다.

"그랬을 테죠. 보통 이 정도 클래스면 첫 연주자를 기준으로 상대 평가를 할 수밖에 없으니까요."

사카모토 료이치와 보리스 윈스턴의 대화는 간단한 이야기였다.

국제 규모의 콩쿠르의 경우에도 엄격한 채점 기준이 존재하지만 아무래도 참가자 대부분이 정확성에 있어서는 일정 수준 이상이었다.

50분 가까이 되는 프로그램을 연주하면서 미스는 날 수밖에 없지만 그래봐야 두 손으로도 셀 수 있을 정도며, 중요한 것은 얼마나 음악성을 지닌 연주를 하는가에 주목해야 했다.

곡 해석을 기반으로 한 표현력과 그것을 가능케 하는 기교 모두 말이다.

그런 점에서 자연스레 상대평가를 할 수밖에 없는데 그 기준이 첫 번째 연주자였다.

크리크 피아노 부문 A조 첫 연주자는 러시아 예선 우승자인 엘리자베타 툭타미셰바.

17세의 피아니스트로 벨로시티(velocity: 건반을 누르는 속도)가 무척 빠른 재녀였다.

그녀가 18명의 심사위원들에게서 받은 총 점수는 144점. 평균 8.0점.

기준이 되는 첫 주자에게는 점수를 인색하게 부여함에도 고득점이었다.

"엘리자베타 툭타미셰바에게 너무 점수를 많이 줘버렸어.

러시아 최고 유망주라더니, 그럴 만했지만 말이야."

"그러니 배도빈에게 만점을 줄 수밖에 없었죠."

"후후."

사카모토 료이치가 심사표를 내려다보았다.

18명의 심사위원 이니셜 아래 배도빈의 점수는 단 한 명을 제외하고 모두 10점.

총점 171점이었다.

"본선에서는 좀 더 심사기준을 강화해야겠습니다. 내일 오전 회의 때 안건으로 내보죠."

"그래야겠지."

기준이 배도빈에게 맞춰진다면 아마 다른 참가자들은 점수를 받기 더욱 어려워질 것이다.

사카모토 료이치는 소수 네티즌들이 생태계를 파괴한다며 배도빈을 비난하는 것을 떠올리고는 쓴웃음을 지었다.

"참. 아직 심사표는 공개 안 된 모양이더군요. 점수만 게시되고."

보리스 윈스턴이 심사표를 내려다보며 물었다.

"아마 발표하지 않으려고 할 수도 있겠지."

"예? 하지만 그건 이 콩쿠르의 가치를 스스로 버리는 일입니다. 아무리 상임 이사국이라 해도 그런 일을 한다면 전 더 이상 심사위원으로 남아 있을 이유가 없습니다."

"나도 같은 생각이네. 그렇게 놔둘 수는 없지. 그래서 말인데 자네, 나 좀 도와줄 수 있겠나?"

"예?"

햇볕을 즐기며 엎드려 있던 호랑이, 사카모토 료이치가 움직이기 시작했다.

"도빈아! 네가 예선 1등이야!"

최지훈이 와다닥 뛰어들어서 나를 끌어안았다.

한 살 더 먹었다고 체격이 나보다 큰데, 그런 녀석이 이러니 버틸 수가 없다.

중심을 잃고 넘어지고 말았다.

"떠, 떨어져."

"안 기뻐? 엄청! 어엄청 대단하잖아!"

"당연한 일이잖아. 뭐가 기쁜데."

내가 1등이 아니면 누가 1등이란 말인가.

별일 아닌 걸로 호들갑이다.

"얘들아, 그러다 다쳐."

어머니께서 놀라 다가온 뒤 나와 최지훈의 옷을 털어주셨다.

"어머니, 도빈이 진짜 대단해요! 171점이나 받았어요. 171점!"

"어머니?"

왜 내 어머니를 그리 부르는지 묻자 최지훈이 조금 당황했다.

"아."

"그래? 우리 아들 대단하네? 어디, 이쪽 아들은?"

어머니께서는 그런 최지훈의 얼굴을 어루만지시며 상냥하게 물으셨다.

"네, 네! 저도 통과했어요!"

"어이구, 우리 아들 장하다."

"……."

어머니께서 최지훈을 꼭 끌어안고 내게 해주시듯이 등을 토닥이셨다.

'떨어져, 인마.'

쑥스러워하면서도 배시시 웃는 최지훈이 밉지는 않지만 뭔가 묘한 감정이 들었다.

'그나저나 왜 171점이야?'

당연히 만점을 받을 거라 생각했는데 예상보다 점수가 짜다.

"도빈아, 고생했어. 오늘은 카레 먹을까?"

최지훈을 달래주신 뒤 내 손을 꼭 쥐신 어머니의 눈이 나를 기특하게 담고 있었다.

굳이 표현은 하지 않으셔도 얼마나 기뻐하시는지 알 것 같아서 최지훈을 용서해 줄 수 있었다.

"치킨이랑 프랑크푸르터도 없어서요."

잠시 고민하시던 어머니가 고개를 끄덕였다.

"그래. 오늘은 축하해 줄 날이니까. 대신 오늘만이야?"

카레에 치킨과 프랑크푸르터(Frankfurter: 프랑크푸르트 소시지)를 함께 먹을 수 있다니.

최근 한 달 중에 가장 기쁜 날이다.

잠시 후.

어머니와 함께 히무라, 최지훈 그리고 그의 집사를 대동하고 근처 카레집을 찾았다.

"우와."

"많이들 먹으렴."

"잘 먹겠습니다!"

"도빈아, 나 이런 음식 처음이야."

"나도 이렇게 호화로운 카레는 처음이야."

"으음! 이 소시지 너무 맛있다. 집사님, 집사님도 드셔보세요."

"허허. 도련님도 많이 드세요."

한국과 일본 카레도 맛있지만 유럽에서 먹는 인도식 커리도 풍미가 상당히 깊은 것이 흡족스럽다.

음식을 먹는데 히무라가 반가운 이야기를 들려주었다.

"니나 케베리히랑 계약하기로 했어."

"정말요?"

"니나라면……. 도빈아, 저번에 봤던 그 사람이니?"

"네."

"진희 씨도 보셨군요. 도빈이가 추천해서 만나봤는데 정말 훌륭한 재원이더라고요. 샛별 엔터테인먼트에서 관리하기로 했습니다."

"피아노 솜씨가 정말 좋던데 좋은 일이네요."

"네. 계약 관련한 일에 대해서는 어머님도 함께 들으시는 게 좋을 테니 이따 방으로 가겠습니다."

아무래도 최지훈과 집사 할아버지가 신경 쓰이는 모양이다.

식사를 마치고 돌아온 뒤.

히무라가 어머니께 내 말을 전해드렸다.

샛별 엔터테인먼트의 투자자로서 니나 케베리히를 후원, 육성하고 싶다는 이야기다.

"도빈아, 정말 그렇게까지 하고 싶은 거야?"

"네. 제가 본 사람 중에 가장 개성 있는 피아니스트였어요."

"그렇지만 잘 모르는 사람이잖니. 좀 더 알아본 뒤에 결정하는 게 좋지 않을까?"

확실히 무슨 일이 있을지 모르니 조심해서 나쁠 것은 없지만 그러지 않아도 히무라가 요 며칠간 그녀에 대해 자세히 알아보았다.

"우선 직업은 없고 간간히 아르바이트를 하는 모양입니다."

확실히 번듯한 직장이 있는 것으로는 보이지 않았다.

"나이는 18살이고 중등과정까지는 마쳤더라고요."

"그럼 의무교육은 마친 거네요?"

"네. 15살부터 학교에 다니진 않았습니다. 부모를 일찍 여위어 생계 수단이 없었거든요."

"아……."

어머니께서 안타깝게 탄식하셨다.

"피아노는요?"

"피아노는 독학으로 배운 모양이야. 본인이 아버지가 남긴 유일한 물건이라 알려주더라고."

스승이 없다니.

납득이 되면서도 쉬이 이해할 수 없었다.

그녀의 독특한 개성을 생각하면 누군가의 손길이 닿지 않았기에 가능했던 일이란 생각도 들지만.

이끌어주는 사람 없이 홀로 그만한 실력을 갖추었다는 데에서 놀랄 수밖에 없었다.

"특이한 점은 산타마르크 대학에서 청강을 했대."

"청강?"

오랜만에 모르는 단어가 나와 되묻자 어머니께서 설명해 주셨다.

"정식 학생은 아니고 강의를 듣는 학생을 청강생이라 해."

아. Gasthörer.

나도 본 대학에서 여러 인문학 강의를 청강했었다.

고개를 끄덕이자 히무라가 설명을 이어나갔다.

“음대에서는 뭘 배우나 너무 궁금했대. 돈이 없어서 당시 산타마르크 피아노과 교수에게 부탁해서 한 학기 청강할 수 있었다고 하네.”

고작 한 학기로 도움이 되었을 리가 없다.

“왜 한 학기만 있었대요?”

“그건 말해주지 않더라고. 아마 생계가 어려웠을 수도 있고 아니면 자기가 원하던 환경이 아니었을 수도 있지. 뭐, 한 학기 듣고 만족했을 수도 있고.”

“찰스 브라움이랑은 어떻게 만난 거예요?”

“그건 좀 황당하더라고. 찰스 브라움 소속사에 아는 사람이 있어 물었는데, 정말 현지에서 피아노 반주할 사람을 알아봐 달라고 했는데 우연히 그 건물 주인이 소개를 해준 모양이야. 아, 찰스 브라움도 그녀에게 반주자 역할을 할지 물어봤었대.”

확실히 그만한 실력이라면 어떤 바이올리니스트라도 탐이 날 것이다.

특히나 솔로로 활동하는 사람이라면 매번 반주자를 찾는 것도 일이니 말이다.

“고민하고 있대요?”

"아니. 거절했대. 사람이 별로라서 같이 다니면 불편할 것 같다고."

"하하하하!"

정말 통쾌한 말이라 웃고 말았다.

그녀에 대해 대충 들으니 더욱 니나 케베리히를 돕고 싶어졌다.

내 후손이기도 하지만 이대로 묻히기엔 그녀의 재능이 너무나 아까웠기 때문이었다.

"엄마, 그 사람은 정말 훌륭한 음악가가 될 거예요."

"그래. 들어보니 열심히 사는 사람 같네. 히무라 씨가 잘 좀 봐주세요."

"그럼요. 도빈이 돈인데 허투루 쓸 순 없으니까요."

[배도빈, 크리크 본선 진출!]

[총점 171점! 예선 참가자 중 최고 점수 획득!]

[타마키 히로시, "잘못된 판정이다.", 불복]

[심사위원 보리스 윈스턴, "배도빈의 연주는 완벽했다. 그의 연주를 점수로 채점해야 함에 부조리함을 느낀다."]

[최지훈, 예선 4위로 본선 진출!]

[최지훈, "꼭 우승할 거예요."]

배도빈과 최지훈이 오스트리아 빈에서 크리크 예선을 마쳤을 무렵, 한국에서는 두 천재에 대한 이야기로 시끌벅적했다.

배도빈의 선전은 누구나 예상했지만 설마하니 간간이 TV나 콩쿠르에 나왔던 최지훈마저 본선에 오를 줄은 몰랐던 탓이다.

ㄴ시상에 이게 뭔 일이냐?

ㄴ그러게. 최성신이랑 남궁예건 뒤에 이런 애들이 나오네.

ㄴ최지훈은 몰라도 배도빈은 저 두 사람 시작부터 넘어섰지. 지금 배도빈 커리어에 비빌 음악가, 거장들 말곤 없음.

ㄴ캬ㅋㅋㅋㅋㅋ 오지죠? 이 맛에 국뽕합니다.

ㄴ배도빈 예선 1위 소식 듣고 방문 부수고 놀이터까지 뛰어가서 티셔츠 찢으며 동서남북으로 울부짖었다.

ㄴ뭐래 븅신임ㅋㅋㅋㅋ

ㄴ배도빈 진짜 대단하다. 이러다 정말 내년 쇼팽 콩쿠르 나가는 거 아닌가 몰라. 우승 기대해도 되겠지?

ㄴ본인은 콩쿠르 별로 나가고 싶지 않다는 말이 있음 ㅇㅇ

ㄴ왜?

ㄴ그러게. 왜? 우승하면 좋잖아.

ㄴ자기 음악을 평가받는 게 기분 나쁘대.

ㄴ크으 지리죠. 암, 천재라면 그런 자존심 정돈 있어야지.

ㄴ근데 배도빈이야 워낙 처음부터 잘 나가서 그런가 싶은데 최지훈도 대단하다. 크리크 본선 진출자 10명 중에 15세 미만은 배도빈이랑 최지훈뿐임.

ㄴ헐. 걔도 대박이네?

ㄴ난 둘이 친한 게 신기함. 배도빈 아빠가 하는 SNS 보면 둘이 장난치며 노는 동영상도 있던데 나이 먹으면서 사이 틀어질까 봐 걱정됨. 최지훈도 분명 대단한 앤데 배도빈 때문에 너무 가려지니까. 왜, 살리에리가 모차르트 시기한 것처럼.

ㄴ헐? 배도빈 영상이 있다고?

ㄴㅇㅇ 졸면서 카레 먹는 거 졸귀.

ㄴ아직도 영화 내용 믿냐. 모차르트랑 살리에리 두 사람 사이가 안 좋았던 건 사실이지만 당시엔 살리에리가 1인자였음. 게다가 모차르트는 인성질 때문에 평판도 그리 안 좋았고. 시기할 리가 없지.

ㄴ말이 그렇다는 거 아냐.

ㄴ님 눈치 없단 말 많이 듣죠?

ㄴ둘이 계속 친하게 지냈으면 좋겠다.

본선 당일.

도대체 그놈의 인터뷰는 왜 그렇게 많은지 안 그래도 빡빡한 일정인데 시간을 낭비하고 말았다.

최지훈도 그랬을 테니 조금 걱정되었는데 아니나 다를까.

서로 본선 과제곡 연습을 위해 일주일 만에 만난 최지훈은 시체가 따로 없었다.

"……괜찮아?"

조심스레 묻자 당장에라도 쓰러질 것 같은 최지훈이 배시시 웃었다.

"응. 괜찮아."

"괜찮긴 뭘 괜찮아. 대체 뭘 어떻게 지낸 거야?"

"나 배우는 게 느리니까. 잠을 줄였어. 졸린 것뿐이야."

졸린 게 아니라 아파 보일 정도다.

집사 할아버지는 한숨을 푹푹 내쉬며 지훈이가 비틀댈 때마다 녀석을 지탱해 주었다.

"어머나."

어머니께서도 최지훈을 보시곤 깜짝 놀라셨다. 히무라도 좀 걱정되는지 최지훈의 안색을 살폈다.

"아들! 왜 그래? 어디 아파?"

"괜찮아요. 헤헤."

"괜찮긴. 집사님, 지훈이 왜 이러는 거예요?"

집사 할아버지로부터 설명을 들은 어머니께서는 시간을 확인하시곤 안 되겠다는 듯 택시를 부르셨다.

"안 되겠다. 도빈아, 엄마 지훈이 데리고 병원 좀 다녀올게. 히무라 아저씨랑 같이 있을 수 있지?"

"네."

"부인, 어쩌시려고……."

"콩쿠르 시작 전까지 아직 시간이 남아 있으니까 링거라도 맞혀야겠어요. 한 시간이라도 자면 좀 나을 거예요."

집사 할아버지는 고개를 끄덕이곤 어머니와 함께 최지훈을 데리고 택시에 올라탔다.

차가 저 멀리 사라지고 히무라가 걱정스레 말했다.

"엄청 압박이었나 봐. 어린애가 저렇게까지 자기를 몰아붙이다니."

"……."

콩쿠르에서 좋은 성적을 내고 싶다는 향상심 때문일까.

아니면 아버지가 주는 압박 때문일까.

두 이유 모두 자신의 몸을 깎아내리는 바보 같은 행동을 정당화할 수는 없지만 후자라면 최악이다.

"어머님 말씀대로 포도당 맞고 조금이라도 자면 괜찮을 거야. 들어가자."

"네."

한 시간쯤 뒤.

콩쿠르 시작하기 직전에 회장에 도착한 최지훈은 그나마 조금 나아 보였다.

"괜찮은 거야?"

"응!"

안 괜찮은 거 같은데.

"너 그러다간 결선 올라가도 문제야. 다신 그런 짓 하지 마."

"하지만."

"하지만이 아니야. 이 대회 2년 뒤에도 있어. 남들보다 느리면 느린 대로 가."

사실 이번에 크리크에 참가함으로써 피아니스트 지망생들의 수준을 정확히 알게 되었는데.

최지훈은 결코 평범한 수준이 아니었다.

저 어린 나이에 이 무대까지 올라온 것만 해도 최지훈이 얼마나 큰 재능을 가졌는지 알 수 있다.

단지 비교 대상이었던 나나 채은이가 너무 뛰어났을 뿐.

마음 같아서는 '넌 결코 느린 게 아니야'라고 말해주고 싶지만 녀석의 기준 역시 '다른 지망생'이 아닌 나나 채은이에게 맞춰져 있다.

그런 말을 해봐야 조금도 받아들이지 않을 것이 뻔해서 어설프게 위로할 수 없었다.

"그러면 늦어."

"뭐가 자꾸 늦는다는 소리야?"

화가 나서 조금 목소리가 커졌다.

"내후년이면…… 내년에 쇼팽 콩쿠르에 같이 못 나가잖아."

"뭐?"

최지훈이 나를 똑바로 보았다.

"내후년이면 너랑 같이 쇼팽 콩쿠르에 못 나가잖아."

"그게 무슨 상관이야!"

"있어!"

"얘들아 잠시 진정하고."

히무라가 무엇인가를 말하려 했지만 어머니께서 그를 저지하셨다.

고개를 좌우로 흔드는 어머니를 보고선 다시 최지훈을 보았다.

"좋아. 내년에 안 나갈게. 5년마다 있다고 했지? 6년 뒤에 나가면 되겠네."

"싫어."

"고집부리지 마. 너 지금 무리하고 있어. 이렇게 안 해도 몇 년 뒤면 분명."

"아무것도 모르면서 아는 척하지 마!"

"……."

이런 최지훈은 처음이다.

녀석과 싸우는 것도 처음이다.

한참 어린 친구가 이렇게 화를 내는 이유를 알 수 없었다.

“약속했잖아!”

“콩쿠르에서 서로 봐주지 말자는 거라면 나중에 해도.”

우선은 타이르듯이 말하려는데, 최지훈이 울먹이며 소리쳤다.

“네가 콩쿠르에 나갈 이유가 되어준다고. 약속했잖아!”

“…….”

“흑. 흑. 끄윽. 약속했잖아아앙. 왜 까먹은 거야아아아!”

결국 눈물을 터뜨린 최지훈이 울기 시작했다.

그 모습이 어찌나 슬퍼 보이는지 표현할 길이 없다.

집사 할아버지가 우는 최지훈을 안고 그 등을 토닥였다.

“걱정 마. 나 그런 데 안 나가.”

“어? 왜? 실력이 아깝잖아.”

“아깝긴. 나가서 뭐 하게.”

“열심히 연습해서 1등 하면 기분 좋잖아.”

“나랑 비슷한 사람이 생기면 그때 생각해 볼게.”

“정말?”

"뭐가?"

"정말 비슷한 사람이 생기면 콩쿠르에 나갈 거야?"

"뭐……."

"내가 그렇게 될게. 그러니까 언젠가 꼭 함께 콩쿠르에 나가자. 쇼팽 콩쿠르면 더 좋겠다!"

"……내가 콩쿠르에 나가든 말든 왜 그렇게 신경을 쓰는 거야?"

"사람들이 네 연주를 들으면 얼마나 행복하겠어. 난 알아. 네 연주가 얼마나 멋있는지. 다른 사람도 알아줬으면 좋겠어."

문득 예전에 녀석과 한 대화가 떠올랐다.

당시에는 먼 미래의 일이라고 생각했건만, 최지훈에게는 아니었던 모양이다.

나와 같은 무대에 서고 싶어서.

서로 후회 없이 좋은 연주를 하자며 했던 약속.

나도 모르는 사이에 녀석은 나와 함께하기 위해 자신을 몰아붙였던 것이다.

나를 이렇게까지 생각했던 사람이 또 있었던가.

친구라고 생각하지만 어머니 아버지와는 또 다른 느낌의 사랑을 느낄 수 있었다.

녀석에게 다가갔다.

"울지 마."

"끄아아앙!"

"울지 마! 누가 까먹었다는 거야?"

"……."

눈물을 가득 머금은 두 눈이 내게 '안 잊었어?'라고 묻는 듯했다.

"안 잊었어."

그제야 녀석이 코를 마시며 울음을 그쳤다.

콩쿠르에서 좋은 성적을 내고 싶다는 것도 아버지의 강요에 의해서도 아닌 나와의 약속을 지키기 위해서라니.

나와 함께하고 싶어 그랬다니.

이 녀석은 나를 얼마나 더 흔들어 놓을 생각일까.

"다음 네 차례야. 결선에 같이 올라가야 하잖아. 언제까지 울 거야."

"크흡. 아, 안 울어."

"결선은 같이 준비해."

"어?"

"요령이 없으니까 오래 걸리는 거야. 그러니까 같이해."

"하지만 그럼."

"그럼 너 다 쓰러져 가는 꼴 보면서 가만있으란 소리야? 넌 내가 아프면 안 도왔을 것 같아?"

"……."

답은 없고 고개를 젓는다.

"알았으면 빨리 준비해. 이런 대회 따위 쇼팽 콩쿠르에 나갈 중간단계밖에 안 되잖아."

"으, 응!"

팔소매로 얼굴을 쓱쓱 닦은 최지훈이 또 밝게 웃었다.

솔직한 녀석.

올곧은 녀석.

그리고 이 나를 울리는 사람.

녀석이 전해준 따뜻하고 정직한 마음 덕에 가슴 속 호수에 남아 있던 얼음 조각마저 녹아들었다.

녀석은 이미 내 형제다.

어렸을 때는 나나 아빠 말고는 관심도 보이지 않았던 도빈이가 너무 걱정되었다.

짧게 다녔던 유치원이나 학원에서도 친구 한 명 사귀지 못했으니까.

처음에는 천재는 원래 저런가 싶었지만 내 아들은 그저 조심성이 많을 뿐이었다.

사람을 볼 때 천천히 그 사람을 살피는 버릇이라든가.

관심 없는 척하면서도 슬그머니 다가와 빨래와 청소를 돕는다든가.

부모에게 상처 주기 싫어, 하고 싶은 말도 참는 모습을 보면 분명 따뜻한 아이라는 걸 알 수 있었다.

그런 생각을 하고 나서는 조금씩 도빈이에게 친구를 만들라는 말을 하지 않게 되었다.

무엇이 도빈이에게 '사람은 경계해야 해'라는 생각을 심어주었는지는 몰라도.

분명 언젠가는 그 따뜻한 속마음을 알아주는 사람을 만날 거라 생각했으니까.

그런데 이미 만났던 모양이다.

지훈이와 함께 있을 때면 도빈이는 장난도 치고 농담도 할 줄 아는 평범한 아이였다.

거짓말을 해 인터뷰 질문을 지훈이에게 돌리곤 웃는다든지 말이다.

주의는 줘야겠지만 정작 둘이 즐거워하기에 나도 모르게 넘어가고 말았다.

그리고 지금.

두 아이는 서로에게 했던 약속을 두고 다시 한번 우정을 나누었다.

'어머니.'

지훈이가 나를 어머니라 불렀을 때는 조금 당황했지만, 마음이 쓰였다.

알게 모르게 최우철 씨로부터 압박을 받는다고 들었으니 어린 지훈이에게는 기댈 곳이 없었을 것이다.

엄마가 없다고 했으니까.

그래.

정말 저 아이의 엄마가 되어줄 수는 없겠지만 충분히 사랑해 줘야겠다고 생각했다.

세상에서 가장 소중한 내 아들을 저렇게 사랑해 주니 말이다.

-다음 참가자 4번 미스터 지훈 최, 무대로 올라와 주시기 바랍니다.

방금까지만 해도 울던 도련님은 세수를 하고 돌아와 힘차게 인사했다.

"다녀올게요, 집사님!"

"힘내세요."

"도빈아, 나 열심히 할게! 어머니, 저 열심히 할게요!"

"그래. 재밌게 하고 와, 아들~"

무대로 향하는 작은 걸음이 무척이나 씩씩하다.

얼마 전까지만 해도 너무나 작아 보였는데, 어느새 저렇게 컸을까.

분명 도련님의 뒷모습을 묵묵히 지켜보는 이 아이를 만나면서 시작되었을 것이다.

4년 전, 사모님이 떠난 뒤 화목했던 가정은 무너져 내렸다.

사장님은 과음하는 날이 잦아졌고 그럴수록 신기하게도 사모님과 똑같은 눈을 가진 도련님에게 집착하게 되었다.

도련님은 그날 이후 슬픔을 잊으려는 듯, 사장님의 기대에 부응하려는 듯 피아노에 매진했다.

웃음을 잃었던 사장님도 나날이 발전하는 도련님을 볼 때면 웃었으니까.

어쩌면 도련님은 사장님이 웃음을 되찾길 바랐을지도 모른다.

그러던 어느 날.

저 아이와 만나면서 서로를 지탱하던 사장님과 도련님이 달라지기 시작했다.

도련님을 최고의 피아니스트로, 하고 싶은 일에는 모든 것을 돕겠다는 생각이셨던 사장님은 자꾸만 그릇된 방향으로 나아가셨다.

그러나.

그러나 도련님만큼은 보다 나은 방향으로 걸어나가셨다.

어찌나 다행인지.

도련님은 여전히 사장님을 기쁘게 해드리고 싶어 했지만, 단지 그것만이 피아노를 연주하는 동기는 아니었다.

친구와 함께하기 위해.

친구와 서로의 부족함을 채워주고 또 경쟁하면서 스스로를 발전시켜 나갔다.

그 행위에서 행복을 느끼셨다.

그 전까지 피아노를 연주하는 데 부담을 느꼈던 도련님이 배도빈, 저 아이를 만난 뒤로 웃기 시작하셨으니까.

피아노를 치면서 웃는 도련님.

사모님 곁에서 '나비야'를 연주하고 해맑게 웃던 그 아기가.

지금은 이토록 아름다운 나비가 되어 이 큰 무대에서 자신을 다하고 있다.

'힘내세요, 도련님.'

피아노 소나타 1번 C장조, K.279.

최지훈이 모차르트의 첫 번째 피아노 소나타를 연주하기 시작했다.

간질거리는 아름다운 선율 사이에는 알 수 없는 슬픔이 복선처럼 깔려 있다.

그러나 이내 다시 발랄한 멜로디가 이어진다.

그 반복은 마치.

다가오는 시련들 속에서도 끝끝내 미래를 향해 나아가는 어린 최지훈을 나타내는 듯했다.

기교적으로 어려운 곡도.

화려하여 청중을 놀라게 하는 곡도 아니지만 저런 곡을 이다지도 깊게 표현할 수 있다니.

어느새 이렇게나 성장했는지.

최지훈이 연주를 마쳤을 때, 나도 모르게 주먹을 꽉 쥐었다.

-다음 참가자 5번 미스터 도빈 배, 무대로 올라와 주시기 바랍니다.

"도빈아, 아자!"

"아자."

"실력대로만 발휘하면 될 거야."

"당연하죠."

응원해 주시는 어머니와 히무라에게 호응해 드리고 눈을 감았다. 정신을 가다듬은 뒤 무대로 향했다.

계단에서 내려오는 최지훈은 만족스러운 듯 흡족한 표정을 짓고 있었다.

나를 보더니 보다 밝게 웃어 힘을 준다.

'그래.'

네가 그렇게 멋진 연주를 들려주었는데 가만있을 수는 없지.

피아노 앞에 앉은 뒤.

둥!

쇼팽의 발라드 제1번 G단조 Op. 23의 첫 음을 눌렀다.

충분히 길게.

이 느린 곡은 음을 얼마나 잘 표현하는지, 곡을 얼마나 이해하고 있는지에 따라 연주가 크게 달라진다.

복잡하게 배치되어 있는 노트와 난해한 박자로 인해 연주자의 해석이 진하게 개입될 수밖에 없는 쇼팽의 발라드.

이 강렬하나 여린 음은 갈수록 격정적이게 발전해 나간다.

난해하나 그 슬픔만은 뚜렷하게 이해할 수 있는.

가슴으로 듣는 곡이다.

그야말로 연주자의 기량을 한껏 뽐내기에 최고의 곡이다.

연주를 마치고.

숨을 한번 크게 한 뒤 다시금 건반 위에 손을 얹었다.

다음은 쇼팽의 발라드 제2번 F장조.

오늘은 쇼팽을 연주하는 날이다.

그리고.

최선을 다해준 내 친구를 응원하기 위해, 마지막 곡은 바꾸

기로 하자.

♪

사카모토 료이치는 앞서 연주한 최지훈의 연주를 무척 높이 평가했다.

연주의 정확도와 박자감각이 탁월했고 10살이라고 하기엔 모차르트의 소나타에 담긴 애절하면서도 동시에 발랄한 느낌을 잘 표현했다.

'저 아이가 도빈 군 앞이라 다행이지.'

최지훈은 사카모토 료이치가 지금까지 평가한 4명 중에서 가장 높은 8점을 기록했다.

그러나.

'허허. 독을 아주 단단히 품고 왔구만.'

배도빈이 장내에 들어서면서 심사위원들의 자세도 조금 달라졌다.

공기가 달라진 것이다.

이미 정상급 연주를 하고 있는 피아니스트를 상대로 어떤 이는 감상을, 어떤 이는 공정한 평가를, 어떤 이는 개수작을 부리려 하는데.

사카모토 료이치는 그의 오감을 열어 배도빈의 연주를 받아들였다.

쇼팽의 발라드 1번.

피아니스트가 자신의 연주 실력을 뽐내는 방법은 여럿 있지만 그중에서도 가장 꺼리는 것은 곡에 대한 해석이다.

자칫 잘못했다간 음악성 자체를 공격당할 수 있기 때문인데 배도빈은 그런 일에는 조금도 신경 쓰지 않는 듯, 확신에 찬 연주를 이어나갔다.

비극적인 상황 속에서 이어지는 복잡한 박자의 음계.

마치 쇼팽의 조국 폴란드의 암울했던 시기를 표현하는 듯, 그 깊은 사색을 그대로 전달받는 듯했다.

'자네는 대체 어디까지 나아가려는 겐가.'

배도빈을 4년간 지켜봐 온 사카모토 료이치는 대체 그의 끝이 어딘지 가늠할 수 없었다.

지난 몇 년간 배도빈의 음악은 놀랍도록 세련되어졌다.

고전 시대와 그 이전에 국한되어 있던 레퍼토리가 확장된 것은 단순히 연주할 수 있는 곡이 늘어난 것만을 의미하지 않았다.

새로운 곡을 익힐수록 배도빈의 '솔직한' 연주도 발전했다.

배도빈이 연주를 할 때면 사람들은 그의 슬픔과 기쁨과 분노와 사랑을 느낄 수 있었다.

그러한 힘이 정제되고 보다 '솔직해진 세상'에는 더없이 반가운 단비가 된 것이다.

음악을 즐기는 것조차 허용되지 않은 세계.

사카모토 료이치의 생각대로 현대의 개인은 자본과 사회 그리고 경쟁이라는 시스템 속에서 인간성을 잃어가고 있었다.

인간의 가장 오래된 친구인 문화, 음악.

그 음악조차 온전히 눈을 감고 깊이 감상할 여유가 없는 게 현실이었다.

음악을 그 자체로 즐길 여유도 없이 일하면서, 공부하면서 심지어는 놀면서 듣게 되었다.

음악은 이제 '겸하는 것'이 되어버렸다.

그렇기에 복잡한 음악은, 흔히 '음악성을 갖춘 음악'이라는 것은 도태될 수밖에 없었다.

무지한 작자들은 그런 경향을 교양 없는 문화로 취급하지만 사카모토 료이치의 생각은 달랐다.

음악은 향유하는 사람에 의해 결정된다.

이 시대가 쉬운 음악을 바랄 수밖에 없는 것이다.

그러나 그 '쉬움'이란 단순히 음계와 박자가 단조로운 것을 뜻하는 것이 아니다.

문득 들었을 때 기쁨과 슬픔, 환희와 절망, 의지와 좌절의 감정을 있는 그대로 받을 수 있는.

생각하지 않고 가슴으로 들을 수 있는 음악.

그것이 사카모토 료이치가 지향하는, 이 시대를 위로할 수 있는 음악이었다.

그가 위대한 세 명의 음악가 중에서도 베토벤을 가장 사랑하는 이유는 그것에 있었다.

'바흐는 우리에게 우주가 어떤 것인지 알려주었고, 모차르트는 인간이란 무엇인지 말했으며 베토벤은 자신이 누군지 말했다'라고 한 SF작가가 말한 바 있다.

그의 표현이 말해주듯 베토벤처럼 자신에게 솔직했던 음악가도 드물었다.

비극적인 가정상황과 처절한 심연 속에서 자신이 누군지 끊임없이 외쳤던 비운의 음악가.

그러나 그는 200년 가까이 지난 지금도 사람들 사이에서 사랑을 받고 있다.

사랑. 절망. 고통. 좌절. 비극. 비장.

그러나 그 끝에는 언제나 희망.

베토벤의 음악을 들으면.

그의 감정이 마치 듣는 사람을 위로하듯, 동조하고 함께 슬퍼해 주는 듯하다.

절박한 상황 속에서도 희망의 끈을 놓지 않고 인류애적 가치를 몸소 실천하며 죽기 직전까지 음악을 한 것이다.

'닮았어.'

배도빈은 그런 베토벤을 빼다 박았다.

이 시대.

날이 갈수록 개인이 사라지는 이 얼어붙은 시대를 위로해줄, 그리하여 다시금 물이 흐를 수 있도록 해줄 그런 음악.

배도빈은 현대의 음악을 익히면서 자연스레 변화하고 있었다.

실제로 재난을 겪었던 일본이 그러했으니까.

'본인은 자각하고 있을지.'

그것은 중요하지 않다.

사카모토 료이치는 다짐했다.

일본 클래식 음악 협회든 어디든.

이 위대한 음악가의 행보를 방해한다면 자신의 모든 것을 바쳐서라도 막아내겠다고.

적어도 배도빈이 스스로를 지킬 수 있기 전까지는 말이다.

'멋있어.'

도빈이의 연주를 들을 때면 항상 힘이 난다.

너무나 슬프고 어쩔 때는 무섭기까지 하지만 그 끝에는 항상 희망을 남겨준다.

지금의 슬픔을 함께 보담아주면서, 이 시간을 버텨내면 다음에는 꼭 좋은 일이 생길 것만 같은 희망을 준다.

그래서 난 도빈이의 연주가 좋다.

아버지는 도빈이처럼 되라고 하시지만, 나는 도빈이처럼은 될 수 없다.

도빈이는 정말 천재니까.

하지만.

하지만 나도 피아니스트가 될 거다.

도빈이처럼 위로해 주고 함께 울어줄 순 없어도 나도 분명 나만이 할 수 있는 일이 있을 거다.

어머니가 웃어주셨으니까.

지금은 웃어주지 않으시지만 예전에는 아버지도 웃어주셨으니까.

나도 분명.

누군가에게 희망을 줄 수 있을 거라 믿는다.

도빈이의 음악이 꼭 그럴 수 있다고 말해준다.

'힘내!'

제1회 크리크 국제 콩쿠르 본선은 세계인의 주목을 받았다.

앞으로 클래식 음악을 이끌어 나갈 아이들을 미리 볼 수 있다는 점에서 업계의 관심도는 무척이나 높았다.

특히 본선부터는 콩쿠르가 공개되었기에 많은 사람이 오스트리아 빈을 방문하여 그들의 연주를 직접 감상하거나 중계를 통해 지켜보았는데.

단연 배도빈의 차례에 압도적인 시청률을 보였다.

한국에서만 배도빈의 크리크 본선 출전 시청률은 29.3%.

당당히 동일 시간 시청률 1위를 기록하였다.

오스트리아 빈 기준 오후 2시 30분에 시작한 배도빈의 연주는 서울에서 밤 9시 30분에 방영.

황금시간대의 드라마를 제치고 얻은 수치라 더욱 값진 기록이었다.

특히나 순간 시청률이 35%를 기록하기도 한 것은 이례적인 현상이었다.

배도빈은 두 곡의 쇼팽 발라드 이후 생전 처음 듣는 편곡의 '합창'을 연주했는데.

연주가 시작되고 순식간에 실시간 검색어 1위를 차지하며 생긴 일이었다.

'이럴 수가 있나.'

배도빈의 성장에 놀라고 반가워하던 세계적 거장, '교수' 사카모토 료이치마저 전율했다.

9번 교향곡 D단조.

베토벤이 남긴 마지막 교향곡이며 최고 최후의 걸작, 합창.

악성이 일생을 바쳐 만들었다는 합창의 4악장이었다.

배도빈은 그것을 피아노로 편곡해 연주하여 순식간에 회장과 전 세계를 압도했다.

프란츠 리스트가 편곡한 것과는 전혀 달랐다.

그보다 좀 더 단순하지만 명확했다.

그러나 곡이 진행될수록 어마어마한 속주가 펼쳐졌다.

인간이 연주할 수 있는 속도인가.

전문가들마저 곡을 이해하기 전에 그 때려 박는 듯한 '폭력'에 그저 심상을 받아들일 수밖에 없었다.

두둥!

배도빈이 마지막 음계를 연주하고 건반에서 손을 떼지 않고 고개를 숙였다.

어떤 소리도 들리지 않았다.

숨조차 조심스레 쉬어야 했다.

배도빈의 가슴이 벅차오르고 그의 팔이 전율로 떨릴 때.

기나긴 여운을 뚫고 해일과 같이 박수 소리가 터져 나왔다.

"브라보!"

"브라보!"

누가 먼저라 할 것이 없었다.

콩쿠르 회장은 그 순간 단독 리사이틀 현장이 되어버렸다.

♪

배도빈의 연주는 전 국민의 기대를 저버리지 않았다.

클래식 음악에 대해 관심이 없던 사람들도 배도빈의 정열적인 연주에 넋을 놓고 TV를 지켜볼 뿐이었다.

사람들의 감정은 한결같았다.

앞선 연주자들의 연주는 잘 치는 것 같지만 선뜻 마음이 움직이지 않았다.

반면 배도빈의 연주를 들을 때면 조바심이 나고 애가 타며 가슴을 졸이게 되었다.

이유는 알 수 없었다.

그저 공감하기 쉬웠다.

애국심 때문에 생기는 어떠한 애착일까?

아니면 배도빈의 연주가 다른 이들과는 다르기 때문일까.

다르다면 무엇이 다른가.

특히 마지막의 '합창 4악장'은 가슴 속에서 알 수 없는 무엇인가가 벅차오르는 듯했다.

그 의문에 대해서는 크리크 국제 콩쿠르의 심사위원들도 쉽게 답을 내릴 수 없었다.

배도빈이 50분간의 프로그램을 모두 마쳤음에도 심사위원단은 명쾌히 판단할 수 없었다.

콘서트홀이 떠나갈 정도의 박수 소리를 들으며, 배도빈의 연주를 어떻게 받아들여야 할지에 대해 혼란스러워했다.

이러한 구성을 본 적은 없었다.

언뜻 보면 성의 없이 보일 정도로 쇼팽의 발라드 세 곡을 쭉 이어 연주했을 뿐이었다.

더군다나 마지막 곡은 지금까지 없었던 편곡.

프란츠 리스트가 편곡한 것도 아닌, 배도빈이 직접 편곡한 연주였기에 어떻게 판단해야 좋을지 알 수 없었다.

그러나 배도빈이 들려주는 피아노는 분명 가슴을 움직였다.

명확히 알 수는 없었지만 폐부 깊이 스며드는 암울한 심상과 그 끝에 전달되는 희망.

가장 큰 희망!

심사위원단은 결국 배도빈의 연주를 어찌 판단해야 좋을지 의견을 나누기 위해 콩쿠르를 잠시 중단할 것을 요청했다.

크리크 본선 심사위원실.

위원들이 자리를 잡자마자 도요토미 류토가 말을 꺼냈다.

"말도 안 되는 일입니다. 콩쿠르를 우습게 봐도 유분수지. 어떻게 이 자리에서 발표되지 않았던 곡을 칠 수 있단 말입니까. 이건 심사위원단에 대한 도전입니다!"

'쯧쯧.'

도요토미 류토의 발악을 들은 사카모토 료이치가 속으로 혀를 찼다.

"그렇게만 볼 일은 아닙니다, 도요토미 류토 위원."

보리스 윈스턴이 나섰다.

"그럼 들어본 적도 없는 곡을 평가하란 말씀입니까? 배도빈은 우리를 우롱하고 있는 겁니다."

"진심으로 하시는 말씀입니까?"

"뭐, 뭐라고요?"

보리스 윈스턴의 말을 듣고 주변을 둘러본 도요토미 류토는 짐짓 당황할 수밖에 없었다.

모두가 그를 시궁창의 쥐새끼를 보듯 한심하게 보고 있었기 때문이었다.

심지어 같은 일본인인 사카모토 료이치마저도.

"지금 다들 제정신입니까? 있지도 않은 곡을 가지고 콩쿠르에 나왔단 말입니다. 여기가 무슨 애들 장난인 줄 아십니까!"

"그 입 다물게, 도요토미 류토."

"사, 사카모토?"

사카모토 료이치가 일어섰다.

"부끄럽지도 않은가. 그 연주를 듣고도 할 말이 그뿐인가! 자네가 정녕 음악가라면 어찌 방금 도빈 군의 연주에 그런 말을 할 수 있단 말인가!"

"……"

"옛정을 생각해서 더는 말하지 않겠네. 그러나."

사카모토 료이치가 으르렁댔다.

"오늘 이후 또다시 수작을 벌이려 한다면 ICMCOC가 자네뿐만이 아니라 일본 클래식 음악 협회를 등지게 될 걸세."

"무슨……!"

도요토미 류토가 도움을 청하듯 주변을 둘러봤다.

그러나 다른 심사위원들이 한 명씩 일어났다. 사카모토 료이치와 뜻을 함께하고 있다는 무언의 시위였다.

"이, 이것이 정녕 심사위원단의 뜻인가? 당신들은 이 대회의 정당성을 부정하고 있어! 애초에!"

쾅!

도요토미 류토의 잡소리를.

사카모토 료이치가 테이블을 내려치며 끊었다.

"ICMCOC의 이념은 클래식 음악계의 발전일세! 이 어리석은 친구여, 정녕 모르겠나!"

"……"

"자네가 하는 짓이야말로 이 대회의 의의를 저버리고 있어. 당치도 않은 협잡질로 아이들의 미래를 더럽히지 말게."

도요토미 류토는 차마 사카모토 료이치에게 '이런 짓을 하고도 협회에서 가만히 있을 줄 아는가'라고 말할 수 없었다.

이 자리에서 그 말을 입 밖으로 내는 순간, 일본 클래식 음악 협회가 이 콩쿠르에서 부정을 저지르고 있다는 것을 시인하는 꼴이 되기 때문이었다.

동시에 도요토미 류토 본인이 그 일에 가담하고 있다는 말이니 말이다.

"이 일은…… 정식으로 진정될 걸세. 누가 옳은지는 그때 가서 밝혀지게 되겠지!"

그러다 보니 일본의 상임 이사국으로서의 권한에 기대어 한 발 후퇴할 수밖에 없었는데.

사카모토 료이치가 그에게 다가가 멱살을 움켜쥐었다. 그리고 코가 닿을 듯이 끌어당겨 그를 노려보았다.

"지금 네 선택이 어떤 결과를 초래하는지 그 추악한 눈으로 잘 지켜봐라, 도요토미."

어찌나 분했는지 사카모토 료이치는 이를 악물고 두 손을 떨어대며 말했다.

"너와 그 알량한 인간들 때문에 일본은 유망한 피아니스트를 잃을 것이고 일본 음악 협회는 고립될 거다. 그리고 타마키, 그 아이는 앞으로 위선자란 이름을 달고 살아가겠지. 바로 너와 너처럼 아무렇지도 않게 이 신성한 콩쿠르 장을 더럽히려는 놈들 때문에 말이다!"

모국인 일본을 그 누구보다도 사랑하는 사카모토 료이치는 입술을 꽉 깨물고 그를 노려보다 이내 밀쳤다.

제1회 크리크 국제 콩쿠르 피아노 부문 본선은 19세 이하, 전 세계에서 가장 뛰어난 피아니스트 10명이 진검승부를 벌이는 장이었다.

피나는 노력 끝에 이 자리에 선 그들 중 결선에 진출한 사람은 총 4명뿐.

전 세계 31개 국가에서 지원한 사람은 약 87,000여 명.

그들 중 8월, 잘츠부르크 페스티벌에서 무대에 오를 기회 얻은 사람은 이들 4명뿐이었다.

좌륵!

크리크 본선이 치러진 콘서트홀 로비에 결선 진출자 명단이 부착되었다.

Mr. Do-bean Bae 171

Ms. Elizaveta Tuktamysheva 148

Mr. Jaco ban Vertonghen 147

Mr. Ji-hoon Choi 146

"어엉어어엉끄억억엉."

"……그만 좀 울어."

"헉꺽허응헉어어어엉."

'숨넘어가겠네.'

결선 진출자 명단을 확인한 최지훈이 저러다가 죽는 건 아닐까 싶을 정도로 오열했다.

어찌나 서럽게 우는지 누가 보면 떨어진 줄 알 것이다.

"도흑빈헉아헉."

"왜."

"흑학나쇼꺽어엉쇼팽흐어엉."

"뭐라는 거야? 뚝 그치고 말해."

"뚜우욱."

"……."

한참을 더 꺽꺽 울어댄 최지훈이 엉망인 얼굴로 말했다.

"같흡이 나갈 수흡 있어. 끅. 쇼팽."

"그래."

동시에 기자들이 몰려들기 시작했다.

크리크 국제 콩쿠르 피아노 부문 본선 결과 이후 언론은 뜨

겹다 못해 터질 듯이 요동쳤다.

배도빈이 새롭게 편곡해 연주한 '합창 4악장'은 무려 3일 만에 조회 수 4천만을 돌파하는 기염을 토해냈다.

한국에서는 또다시 171점으로 결선에 오른 배도빈에게 열광하며 '171점'을 배도빈 스코어라 부르기 시작했고.

동시에 금방 떨어질 줄 알았던 최지훈이 아쉬운 점수 차이로 4위를 기록, 그러나 결국 결선까지 올랐다는 데 환호했다.

그러나 그중에서도 가장 큰 화제는 바로 심사위원단의 고발이었다.

심사 발표 이후 사카모토 료이치를 위시한 총 17명의 심사위원들이 심사위원 도요토미 류토의 부정을 ICMCOC에 진정한 것이었다.

고발 내용은 다음과 같은 사항으로 정리되었다.

첫째 도요토미 류토가 특정 인물에게 부당한 점수를 부여했다.

둘째 도요토미 류토가 특정 인물에게 과도한 점수를 부여했다.

셋째 도요토미 류토가 특정 집단의 의뢰를 받고 앞선 두 사항을 진행했다.

크리크 국제 콩쿠르를 통해 다시 한번 클래식 음악계에 부흥을 바랐던 ICMCOC는 이와 같은 사실에 민감하게 반응.

즉시 대회 일정을 일주일 연기, 조사단을 파견하였고 그 결과 다음과 같은 성명서를 발표했다.

[건강한 미래를 위해]

지난 7월 14일.

저희는 사카모토 료이치 외 16명의 심사위원으로부터 도요토미 류토의 부정행위를 신고받았습니다.

클래식 음악의 미래를 위해 설립된 국제 클래식 음악 경연 조직위원회의 정신에 위배될 수 있는 사항이라 즉시 조사단을 파견, 사건 정황을 확인하였습니다.

이에 해당 성명서를 통해 사건 경위와 ICMCOC의 입장을 밝히고자 합니다.

조사 결과, 심사위원 도요토미 류토가 지난 두 차례 특정 참가자에게 의도적으로 최하점을 부여한 사실이 드러났습니다.

이에 대해 조사단은 도요토미 류토를 추궁 그의 답은 다음과 같습니다.

'지나치게 빠른 연주라 음악을 받아들일 시간조차 없었으며 감정이 과한 면이 있다. 특히 미발표 곡을 콩쿠르에서 시연함으로써 심사위원과 참가자에 대한 규정과 예의를 지키지 않아 최하점을 주었다.'

ICMCOC는 도요토미 류토의 의견이 정당할 수 있다는 가정 하에 그 의견을 참작했습니다.

다만 그가 내세운 근거가 최하점을 부여할 이유로는 타당하지 않았으며, 비슷한 사유를 가진 참가자에게는 9점을 주었다는 점과 두 차례 최하점을 같은 인물에게 주었다는 점을 감안하여 경고 조치하였습니다.

그러나 그가 금품을 수령한 정황이 포착, 도요토미 류토에게 '의도'가 있었다고 판단하였습니다.

하여 조직위 수칙 제9항 '모든 참가자는 공평한 기회를 부여받아야 하고 심사는 공정해야 한다'와 제9항 1조 '이를 어긴 자에게는 즉시 중징계를 내린다'에 의거.

도요토미 류토의 심사위원직 정지를 명령, 관련 내용에 해당하는 법적 절차를 진행 중에 있습니다.

앞으로도 건강하고 투명한 크리크 국제 콩쿠르 진행을 위해 최선을 다할 것을 약속드립니다.

감사합니다.

-국제 클래식 음악 경연 조직위원회

• 28악장 •

9살, 잘츠부르크 페스티벌

해당 성명서가 공표되면서 전 세계의 언론이 도요토미 류토를 맹비난했다.

성명서에서는 '참가자'의 본명이 언급되지 않았지만 최하점 1점을 반복해 받은 사람을 유추하기란 그리 어려운 일이 아니었다.

171점.

도요토미 류토를 고발한 17명의 심사위원이 배도빈에게 부여한 점수를 공개해 버린 것이었다.

다른 모든 심사위원으로부터 만점을 받고도 단 한 명에게 최하점을 받은 배도빈이 해당 사실의 피해자라는 게 알려지면서 전 세계에 있는 배도빈의 팬들이 들고일어났다.

채점표를 공개하지 않은 이유도 이와 같은 사실을 은폐하려는 수작인 것이 밝혀진 것이다.

ㄴ시발. 내 이럴 줄 알았지.

ㄴ일본은 넘지 말아야 할 선을 넘고 말았다.

ㄴ도대체 언제까지 이렇게 조작할 거냐? 대체 깨끗한 게 있긴 함? 스포츠고 예술이고 그런 것까지 더러우면 대체 뭘 믿고 보라는 거야?

ㄴ일본이 이런 거 진짜 너무 심함.

ㄴ이거 최성신 때도 있었던 일임. 어떤 새끼가 쇼팽 콩쿠르 때 최성신한테 1점 준 일 있었음.

ㄴ진짜 더러워서 못 봐주겠네.

ㄴ다른 일도 아니고 저 꼬맹이들이 얼마나 노력했는데 ㅅㅂ 음악 유망주를 위한 협회는 개뿔.

ㄴ저 먹다 만 메기 같이 생긴 늙은이가 우리 도빈이 괴롭힘?

ㄴ도요토미 류토 혼자 판단했을 가능성은 지극히 낮음. 믿고 있는 게 있었을 거고 그게 일본 클래식 음악 협회든 뭐든 분명히 짚고 넘어가야 한다고 봄.

ㄴ뻔하잖아. 일본이 상임 이사국으로 있으니까 압력 넣은 거겠지. 에이, 퉷.

ㄴ진짜 찢어죽일 새끼네. 할 짓이 없어서 저딴 식으로 장난을 하냐? 어린애들이 어떻게 해서 준비한 대회인데. 저 새끼는 지 새끼 없음?

한글, 영어, 중국어, 이탈리아어, 독일어 등 여러 언어로 해당 사건에 대한 이야기가 끊임없이 올라왔다.

특히 대한민국과 중국의 경우에는 일본의 추잡한 행위를 강력히 규탄하였는데, 배도빈을 오래 취재해 왔던 기자들이 그 선봉을 자처했다.

그중에서도 배도빈이 베를린 필하모닉에 있을 때부터 그에 관련한 기사를 내왔던 그래모폰의 기자 한스 레넌은 하나의 큰 스캔들을 잡아내는 데 성공했다.

도요토미 류토를 저격한 조사를 실시, 그가 산타마르크 대학 음대 피아노과 교수직을 내려놓은 이유에 대해 증언을 확보한 것이었다.

성희롱.

대학생들을 상대로 한 그의 변태적 행각은 당시 재학생 사이에서는 유명했으나 그의 권위 때문에 함구되어 왔다.

한스 레넌이 어렵게 인터뷰를 딴 사람은 콩쿠르 추천서를 빌미로 협박을 했다고 증언했다.

이와 같은 사실이 권위 있는 잡지를 통해 세상에 알려지자 도요토미 류토를 향한 분노는 걷잡을 수 없이 커지고 말았다.

지난 수십 년간 일본이 강대국이라는 점을 내세워 자국 스타를 밀어주었다는 이야기가 터지기 시작한 것이었다.

이러한 국제적 비난 속에서 일본은 두 가지 상반된 목소리를 냈다.

하나는 극우 세력이 도요토미 류토를 앞장서서 고발한 사카모토 료이치를 매국노라 비난하는 것이었고.

또 하나는 일본인이 가장 힘들 때 도와준 배도빈에게 어떻게 그런 짓을 할 수 있냐는 것이었다.

ㄴ다른 사람도 아니고 어떻게 배도빈 군에게 이런 짓을 했는지 의문이다. 수치스럽다.

ㄴ이건 국가를 넘어서 자라나는 아이들에게 어른들이 하면 안 되는 일을 한 것이다. 도요토미 류토와 일본 협회는 즉시 사과해야 한다.

ㄴ배도빈이 토오쿠 재앙 때 우리에게 해준 걸 생각하면 이래서는 안 되었어.

ㄴ일본의 수치다.

ㄴ할복해.

일본 내 민심조차 크게 흔들리자 극우 세력은 해당 사건의 책임자를 도요토미 류토에게 집중되게 하여 협회가 받을 비난을 돌리려 했다.

도요토미 류토와 타마키 히로시를 옹호하는 행동을 취하지는 않은 것이다.

결국 도요토미 류토도 타마키 히로시도 버림받고 말았다.

그러나 이미 드러난 사실로 인해 일본 국민들은 자국의 클래식 음악 협회에게서 등을 돌렸다.

이유는 하나.

가장 보호받아야 할 어린아이들이 피나는 노력 끝에 오른 크리크 국제 콩쿠르를 더럽혔기 때문.

아이를 가진 부모라면 모두 도요토미 류토와 일본 협회의 만행을 용납할 수 없었다.

한편.

한스 레넌, 이시하라 린, 이필호, 김준용, 모리스 르블랑 등 세계 유명 기자들이 결국 일본 클래식 음악 협회와 타마키 히로시 그리고 도요토미 류토의 협력 관계에 대해 밝혀내는 데 성공하였고.

동시에 WH그룹의 유장혁 회장과 EI전자 최우철 사장의 후원을 받은 한국 클래식 음악 협회가 거액을 후원, 상임 이사 지위를 획득.

이번 일을 주도해 문제로 삼았던 사카모토 료이치가 토마스 필스(LA 필하모닉 지휘자), 보리스 윈스턴(피아니스트) 등 미국 출신의 유력 음악가들을 회유, 미국 협회가 ICMCOC의 상임 이사 지위를 얻는 것을 유도하여 일본을 견제하는 데 성공하니.

ICMCOC는 해당 사건에 대해 '모든 안건은 상임 이사국의 만장일치로 진행한다'라는 조항에 예외를 두어 일본의 상임 이사 지위와 권한을 박탈하였다.

그 결과 일본은 향후 ICMCOC에서 개최, 후원하는 국제 콩쿠르에서 심사위원직을 맡을 수 없다는 제재를 받았으며 ICMCOC의 상임 이사로서의 권한을 모두 상실하고 말았다.

일본 내에서는 이러한 상황을 두고, 일본 협회의 몰상식한 행동 때문에 일본 클래식 음악계가 20년 퇴보하였다고 자평했다.

세상이 정상적으로 돌아가는 것 같은데 콩쿠르 참가자로서의 역할은 달라지지 않는다.

할 수 있는 한 최고의 연주를 준비하는 것만이 유일하다.

사카모토 료이치와는 아직 연락이 안 되지만 히무라를 통해 그가 무슨 일을 하고 있는지 알 수 있었다.

외할아버지도 이번 일에 크게 화를 내며 팔을 걷고 나섰고 그간 알고 지냈던 음악가, 기자들도 모두 음악계가 바르게 서도록 힘썼다.

분명 추잡하고 더러운 면이 있어도 이렇게 올바른 방향으로 나아가는 것을 보면 역시 비극 뒤에 비극만이 있는 건 아닌 모양이다.

"히잉. 어려워."

"4시간 전에 쉬었잖아. 빨리 다시 해봐."

"나 혼자 연습해도 2시간마다 조금은 쉰단 말이야. 도빈아, 그러지 말고 우리 차 마시면서 조금만 쉬자."

"안 돼."

"그럼 오렌지 주스?"

"누가 어린애인 줄 알아? 그런 거 안 통하니까 빨리 다시 해봐. 박자가 안 맞잖아."

"배는 안 고파? 카레 먹을까?"

"이따 먹자."

조금 망설였지만 단호히 거절했다.

"먹고 싶은데 참는 거지?"

분명 단호히 거절했는데 끈질기다.

"자꾸 그러면 안 가르쳐 준다."

그렇게 간신히 최지훈을 달래 다시 피아노를 치게 했는데, 요란한 소리를 내며 니나가 찾아왔다.

"야호!"

'조금만 더 하면 됐는데.'

"연습하고 있었어? 얘는 누구야? 친구? 너도 귀엽게 생겼네? 안녕!"

언제 봐도 힘이 넘친다.

"아, 안녕하세요."

니나 케베리히와 최지훈이 이름을 밝히며 인사를 나누었다.

서로 말은 통하지 않지만 분위기는 화목해 보인다.

최지훈의 얼굴이 묘하게 발갛다.

"샛별 엔터테인먼트 2호기야."

"2호기야."

니나 케베리히가 내 추가 설명을 따라했다. 무슨 말인지도 모르면서 싱글벙글 웃는데 최지훈이 또 얼굴을 붉힌다.

'왜 저래?'

최지훈이 슬쩍 말했다.

"니나 누나 예쁘다. 그치."

얘가 어딜 남의 외손손손손손손녀를.

아니, 그냥 후손이라 하는 게 맞는 건가?

"안 돼."

"어?"

"그러는 거 아니야."

"뭐가?"

친구의 후손을 탐하다니. 도둑놈이 아니고서야 안 될 일이다.

최지훈의 질문을 무시하고 니나를 보았다.

"왜 왔어요?"

"인사하러 왔지?"

"인사?"

되묻는 순간 히무라가 말해준 일이 떠올랐다.

그녀가 다시 산타마르크 음대에 정식으로 입학할 거라는 걸 말이다.

니나 케베리히가 히죽히죽 웃는다.

"응. 나 후원해 준 사람이 너라면서. 히무라 씨한테 들었어."

"아."

"고맙지만 사양할게, 라고 말하기엔 너무 좋은 일이라서. 대신 열심히 해서 금방 갚을게. 고마워."

니나다운 인사다.

삐죽삐죽대며 솔직하지 못하거나 괜한 체면 때문에 거절하는 것보다 훨씬 기분 좋은 말이었다.

"이자는 안 받을게요."

"그렇게나? 흐응. 어쩌지."

그녀가 잠시 고민하더니 싱긋 웃으며 내 뺨에 입을 맞추었다.

"더럽게 무슨 짓이에요."

"그런 소리 마. 지금 넌 꼬맹이라 모르겠지만 십 년 뒤에는 엄청 고마워할걸?"

70대가 되면 좋아할 거라고?

"그럼 갈게. 잘 지내. 도빈이 친구도!"

니나가 연습실에서 나가는 걸 본 뒤 돌아서자 최지훈이 나를 노려보고 있었다.

"뭔데? 빨리 연습 다시 시작하자."

녀석이 대답도 없이 뾰로통한 얼굴로 계속 노려보기에 인상을 썼다.

"치사해."

"……."

요즘 애들은 조숙하다더니 아까 전 인사를 보고 질투를 하나 보다.

어이가 없기도 하고 뭐라 반응해 줘야 할지 몰라서 무시하고 피아노 앞에 앉았다.

최지훈이 결선에서 연주하기로 정한 슈베르트 피아노 소나타 19번 C단조 중에서도 자꾸 박자를 놓치는 부분을 녀석이 연주하는 대로 쳐주었다.

"봐. 이게 네가 연주한 거."

그리고 제대로 연주해서 대조해 주었다.

"원래는 이렇게. 박자 하나 달라졌는데 느낌이 완전히 다르잖아."

"……무슨 사이야."

"뭐?"

"니나 누나랑 무슨 사이냐구우!"

최지훈이 달려들어 내 어깨를 잡고 있는 힘껏 흔들었다.

♪

[제1회 크리크 국제 콩쿠르 종료!]

[위기 속에서 가치를 지킨 크리크 콩쿠르의 과정과 의의]

[크리크 국제 콩쿠르 피아노 부문, 배도빈·최지훈 나란히 1위 4위 석권!]

[사카모토 료이치, "제1회 크리크 국제 콩쿠르는 현재 음악 새싹들의 실력이 얼마나 대단한지 증명하는 장이었다. 클래식 음악계의 미래를 보는 듯해 흡족하다."]

다사다난했지만 크리크 국제 콩쿠르는 성황리에 막을 내렸다.

가장 인기 있었던 피아노 부문에서는 배도빈이 첫 발표한 '합창 교향곡 피아노 편곡'이 화제가 되었고 최지훈이라는 신성의 등장 등 이야기할 거리가 많은 대회였다.

대한민국의 어린 두 천재가 활약함으로써 국가적인 관심도가 크게 상승한 것은 당연한 일이었다.

대한민국을 대표하고 나아가 세계적 거대 그룹사인 WH과 EI를 필두로 클래식 음악계에 큰 투자가 이루어졌으며, 그로 인해 한국 클래식 음악 협회는 ICMCOC의 상임 이사 자격을 획득할 수 있었다.

드디어 대한민국에서도 1티어 메이저 국제 콩쿠르가 개최될 수 있는 발판이 마련된 것이었다.

또한 대한민국 출신의 음악가들이 불공정한 일에 억울하게 당하고만 있는 일을 미연에 방지할 수 있는 힘도 갖출 수 있게 되었다.

이러한 환경을 조성하는 데 가장 큰 공을 세운 사람이 배도빈이라는 것을 부정할 수 있는 사람은 아무도 없었다.

국민들은 배도빈과 또 그 못지않게 훌륭한 성적을 거둔 최지훈을 향해 축하와 응원의 메시지를 전달했으며 두 사람의 인터뷰는 게시되자마자 큰 반응을 일으켰다.

[크리크 피아노 부문 우승자 배도빈과의 질의응답]

Q. 대회를 준비하는 데 가장 어려웠던 것은 무엇인가.

A. 없었다.

Q. 첫 메이저 콩쿠르 우승이다. 소감은 어떠한가.

A. 별생각 없다.

Q. 잘츠부르크 페스티벌에서 크리크 우승자 자격으로 빈 필하모닉과 협연을 하게 되었다.

A. 기대한다.

Q. 쇼팽 국제 콩쿠르에 출전할 자격을 얻었는데 각오는?

A. 각오까지 필요 없을 것 같다.

ㄴ아닠ㅋㅋㅋㅋ 차라리 인터뷰하기 싫다고 햌ㅋㅋㅋ

ㄴ진짜 귀찮았나 보넼ㅋㅋㅋㅋ

ㄴ배도빈 원래 쿨함.

ㄴ이거 기자가 열 받아서 엿 한번 먹으라고 그냥 올린 것 같은뎈ㅋㅋ

ㄴ도빈이답넼ㅋㅋㅋ

ㄴ그래도 귀여움.

ㄴㅇㅈㅇㅈ 귀여우면 정의임. 성의는 없지만 도빈이니까 옳음.

ㄴ진짜 개쿨ㅋㅋㅋㅋㅋ

[크리크 피아노 부문 4위 최지훈과의 질의응답]

Q. 대회를 준비하는 데 가장 어려웠던 것은 무엇인가.

A. 과제곡이 많고 어려운 것뿐이었지만 그렇게 어렵지는 않았어요. 하루에 8시간밖에 연습 안 했어요. 저는 천재니까요.

Q. 첫 메이저 콩쿠르 입상이다. 소감은 어떠한가.

A. 세상을 다 가진 것 같아요. 기자님은 도빈이가 본선 때 연주한 합창 들어보셨어요? 꼭 한번 들어보세요. 저는 지금까지 그런 피아노는 들어본 적 없어요. 도빈이한테 가르쳐 달라고 했는데 아직 배우지는 못했어요.

Q. 잘츠부르크 페스티벌에서 크리크 결선 진출자 자격으로 여는 무대를 장식하게 되었다.

A. 가슴이 뛰어서 큰일이에요. 제가 그렇게 큰 무대에서 연주를 하다니. 생각만 해도 너무 기뻐요.

Q. 쇼팽 국제 콩쿠르에 출전할 자격을 얻었는데 각오는?

A. 쇼팽 국제 콩쿠르는 제가 좋아하는 피아니스트는 모두 우승했어요. 크리스틴 지메르만, 미카엘 블레하츠, 가우왕, 최성신 피아니스트까지. 제가 가장 좋아하는 피아니스트는 도빈이니까 이번에는 도빈이가 우승할 것 같아요. 아, 근데 저도 열심히 할 거예요.

ㄴ얘들 진짜 뭐 하냐ㅋㅋㅋㅋㅋ 인터뷰 하랬더니 고백하고 있넼ㅋㅋ

ㄴ최지훈 진짜 성덕이다ㅋㅋㅋㅋ 가우왕이 아니라 얘가 진짜 성덕이었넼ㅋㅋㅋ

ㄴ둘이 사이좋은 거 보기 좋다ㅠ

ㄴ자기가 자기 입으로 천재랰ㅋㅋ 누가 시켰냐?

ㄴ천재 맞지. 배도빈이 한참 비정상인 거지 최지훈도 지금 10살임.

ㄴ8시간밖에???

ㄴ아닠ㅋㅋㅋㅋ 소감 말하랬잖앜ㅋㅋㅋㅋ 왜 도빈이한테 편지를 쓰는 건뎈ㅋ

ㄴ둘이 잘츠부르크 페스티벌에서 연주하는 거 보러 가고 싶다.

ㄴ나두. 이미 축제는 시작되었던데 티켓을 못 사서 망함.

ㄴ빈 필하모닉 공연 최소 반 년 전에 예매해야 하는 게 실화냐고.

잘츠부르크 페스티벌 개막일이다.

어머니 아버지와 히무라 그리고 사카모토 료이치와 함께 또 하나의 음악 도시, 오스트리아의 잘츠부르크를 찾았다.

"오늘 지훈이 공연한다고?"

"네. 첫 무대래요."

"대단하네. 지훈이 아버님은 안 오시나? 인사 한번 드려야 할 텐데."

"그러게요. 여보, 거기 물 좀 줘요."

나도 그건 좀 궁금하다.

콩쿠르 결선에도 안 온 사람이 이런 데 올까 싶지만 말이다.

"히무라, 어디로 가야 해요?"

"이쪽으로 가야 할 거야."

"껄껄. 기대되는구만."

최지훈이 사카모토의 말을 들으면 긴장해서 얼어버릴지도 모른다.

그러지 않아도 어젯밤에 실수하면 어떻게 하냐며 밤새 나를 괴롭혔기에 두 사람이 만나지 않아 다행이라 생각했다.

잠시 연락이 안 되었던 사카모토는 크리크 콩쿠르가 끝나자마자 잘츠부르크 페스티벌에 함께 가지 않겠냐고 제안했다.

히무라를 통해 그가 이번 일에 어떤 역할을 해주었는지 들어서 고마울 뿐이다.

그가 내색하지 않았기에 조용히 이 감사함을 언젠가 갚아 줄 것을 다짐하며, 그와 이런저런 이야기를 나누었다.

그렇게 담소를 나누다 보니 어느새 목적지에 도착했다.

"대축전극장이야."

대축전극장(Grosses Festspielhaus).

큰 길을 중심으로 양쪽에 상아색 외벽으로 이루어진 아름다운 건물이 시야에 들어왔다.

히무라의 말에 따르면 이곳은 잘츠부르크 페스티벌이 열리는 페스티벌 하우스(Festspiel häuser)의 메인 콘서트홀로 세계에서 가장 큰 무대가 있는 극장이라 한다.

'표를 구하는 사람이 많네.'

세계에서 가장 큰 클래식 음악 축제 중 하나라더니, 표를 구하지 못한 사람이 많은 모양이다.

종이에 표를 구한다고 적어두고 들고 있는 사람을 볼 수 있었다.

"엄마, 저 사진 찍어주세요."

"자기야, 이제 들어가 봐야 할 것 같은데?"

건물 안으로 들어서자 페스티벌을 즐기기 위한 사람들의 대화 소리가 들렸다.

영어, 독일어, 프랑스어도 들렸지만 대체로 알아들을 수 없는 말이다.

정말 전 세계에서 찾는 축제라는 것을 관광객들의 언어로 이해할 수 있었다.

다들 표정이 밝다.

대부분 잘 차려입고 있는데 꼭 예전의 사교회장 같은 느낌이다.

'멋진 건물이네.'

깔끔한 외관만큼이나 내부도 독특한 분위기를 풍긴다.

짙은 갈색 목재 벽과 돌을 깎아 쌓아둔 형태의 기둥, 곡선을 이루는 천장까지 여러모로 '클래식'한 느낌을 주는 곳이다.

"안도 예쁘네요."

"그러게. 도빈이도 여기서 연주하는 거야?"

몰라서 히무라를 보았다.

"하하하. 네, 아마 그럴 겁니다. 내일은 빈 필과 미팅이 있으니 그때 명확해질 겁니다. 일정은 일주일 뒤로 예정되어 있고요."

그런가 보다.

"하하. 빌헬름이 자네가 빈 필과 협연한다는 걸 듣고 얼마나 펄펄 날뛸지 궁금해지는구만."

"배신자라 하더라고요."

"껄껄. 속 좁은 친구 같으니. 걱정 말게. 빌헬름은 내게도 그러니까. 말버릇 같은 걸세."

잔뜩 성을 내긴 했지만 누구보다도 우승을 축하해 준 사람이었기에 걱정하지는 않는다.

"이제 들어가도록 하죠. 공연 시작 10분 전입니다."

히무라가 앞장서 우리를 안내했고 콘서트홀 안으로 들어서자 안내원이 다가왔다.

"어서 오세요. 안내해 드리겠습니다."

그러더니 나를 보곤 반갑게 미소 지었다.

호텔리어나 안내원들의 서비스 정신이라 생각했는데, 내가 누군지 알아보는 것 같아 기분이 묘했다.

정말 팬이 많아졌다는 걸 이럴 때 좀 더 실감할 수 있다.

'팬에게는 친절해야지.'

그렇게 인사라도 할까 생각할 때 그녀가 상냥하게 물었다.

"아동용 보조 의자를 가져다 드릴까요?"

"……필요 없어요."

그런 것 따위 필요 없어진 지 오래다.

기껏 팬을 만났다고 생각했건만.

이 무례한 안내원에게 뭐라 한마디 하고 싶었지만 꾹 참았다.

'오.'

안으로 들어서자 고풍스러운 무대를 확인할 수 있었다.

세계에서 가장 큰 무대 중 하나라는 말이 떠올라 고개를 끄덕일 정도로 대단한 규모다.

초연은 크리크 국제 콩쿠르에서 결선에 오른 아이들이 꾸미는 것 같은데, 기다리고 있자니 햇병아리들이 무대 위로 올라섰다.

최지훈도 있다.

"독주가 아닌 모양이네요?"

아버지께서 히무라에게 물었다.

"네. 독주는 부문별 우승자에게만 주어져서요. 상위 입상자들은 다른 부문의 입상자들과 팀을 꾸리게 됩니다."

"그럼 세 팀이 나오겠네요?"

"네. 하루에 한 팀씩 첫 무대에서 연주한다고 하네요."

짝짝짝짝-

어린 음악가들을 환영하는, 응원하는 박수 소리가 잦아들었고 고개를 숙여 인사한 아이들은 각자 악기 앞에 자리했다.

최지훈이 A음을 누르자 다들 악기를 마지막으로 조율하였다.

음을 조율하는 기계가 잘 나와서 굳이 저럴 필요는 없지만 전통을 지키는 모습이다.

서로 시선을 교환한 뒤 연주가 시작되었다.

짧은 기간이지만 합을 맞추기 위해 다른 아이들과 연습을 해야 했기에 며칠 못 만났는데, 어떤 곡을 어떻게 연주할까 기대되었다.

쾅!

다섯 악기가 동시에 음을 내고 이어지는 피아노 그리고 더해지는 바이올린.

피아노와 바이올린, 첼로, 비올라, 콘트라베이스가 연주하는 슈베르트의 피아노 5중주 A장조, '송어'.

힘차고 멋진 곡이다.

햇병아리들이 그것을 제법 멋들어지게 연주하기 시작했다.

절로 미소가 지어지는 연주다.

"브라보!"

최지훈의 송어 연주가 끝나고 사람들은 아낌없이 박수를 보내주었다.

나 역시 귀를 즐겁게 해준 그들에게 축하와 감사를 표했다.

"대단하네요."

"네. 확실히 수준이 높습니다. 전 세계에서 모인 최상위권 아이들이니까요."

"껄껄. 즐겁구만. 즐거워. 어떤가, 도빈 군."

"좋았어요."

재롱잔치란 느낌은 전혀 없다.

훌륭한 5중주였다.

피아노 콩쿠르 때문에 바이올린이나 다른 부문에 대해서는 아는 게 없었는데 확실히 그쪽에서도 치열한 경쟁이 있었던 모양.

전체적으로 들어줄 만한 수준이었다.

연주회를 듣고 주변 식당에 자리를 잡았다.

"도빈아, 뭐 먹을래? 읽을 수 있지?"

"네."

'오스트리아 하면 자허 케이크지.'

주로 빈과 그 주변에서 만들어지는 초콜릿 스펀지케이크는 베를린에 있을 때 가끔 이승희가 사다 주어 즐겨 먹었다.

초콜릿과 케이크 그리고 살구잼의 조화가 예술적이다.

"이거 먹을래요."

"그건 디저트잖니. 밥이 되는 걸 먹어야지."

"……."

다시 메뉴판을 보곤 고기와 야채가 든 슈트루델(Strudel)과 커피를 먹고 싶다고 말씀드렸다.

오스트리아의 크림은 무척 풍미가 깊어 커피와 함께 마시면 입과 영혼이 행복해진다.

"주문할게요."

"네, 마담."

사카모토 료이치와 히무라가 주문을 하고 어머니께서 우리 가족의 메뉴를 읊기 시작했다.

"……그리고 이 아이에겐 고기와 야채가 든 슈트루델을 주세요."

"음료는 어떻게 하시겠습니까?"

"과일 주스도 있나요?"

"네. 백포도와 자몽이 있습니다."

"도빈아, 뭐 마실래?"

"……백포도로 마실래요."

"나는 자몽으로 하지."

"저도 자몽으로 주세요."

커피를 마시고 싶다는 내 의견을 가볍게 무시하신 어머니께 반항할 수 없었다.

어쩔 수 없이 백포도 주스로 타협했다.

와인과 같은 풍미를 기대하는 것은 무리겠지만 아쉬운 대로 만족해야겠다.

"주문하신 요리 내드리겠습니다."

곧 음식이 나오고 내 앞에 자몽 주스가 놓였기에 히무라와 잔을 바꾸었다.

"이거 괜찮은데? 도빈이가 주문을 잘했네."

내가 주문한 슈트루델을 맛 본 아버지가 감탄했다.

그 말을 듣곤 빵을 조금 찢어 입에 넣었는데 확실히 좋은 솜씨다.

'괜찮은데?'

목도 축일 겸 백포도 주스를 마셨는데 생각보다 맛이 좋았다. 묘한 풍미를 느끼며 다시 한번 마셨다.

"다녀왔습니다!"

그렇게 식사에 집중하고 있는데 공연을 마무리하고 나온 최지훈과 집사 할아버지가 도착했다.

"어서 오렴. 집사님도 고생하셨어요."

"하하. 고생은요. 너무 늦은 것 같아 죄송합니다."

"별말씀을. 어서 앉으세요."

최지훈이 내 옆에 앉으며 눈을 초롱초롱 빛냈다.

"어땠어?"

"잘하더라."

"정말?"

"응. 60점 줄게."

"아싸! 드디어 60점을 넘었어!"

"60점?"

나와 최지훈의 대화를 듣던 히무라가 물었다.

"연주 점수요."

"어…… 그간 몇 점을 줬기에 좋아하는 거야?"

"작년까지는 30점이었어요!"

"힘들었겠구나."

"그래도 노력하면 점수가 계속 오르는 걸요. 벌써 두 배나 되었잖아요."

히무라는 이해할 수 없다는 듯 헛웃음을 지었다.

"도빈 군의 점수가 박하구만. 나는 정말 즐겁게 들었네. 매우 활기찬 송어였어."

"도빈아, 사카모토 선생님이 뭐라고 하신 거야?"

"활기찬 송어였대."

"정말? 감사합니다!"

즐거운 분위기다.

누군가의 핸드폰 소리가 울렸다.

"잠시 실례하겠습니다."

집사 할아버지가 정중히 인사를 하고 밖으로 나가며 전화를 받았다.

다들 신경 쓰지 않고 식사를 이어나가는데 그가 돌아와선 사람들에게 양해를 구했다.

"저와 도련님은 이만 돌아가야 할 듯싶습니다. 사장님이 오셔서요."

"같이 드시면 좋을 텐데."

"하하. 오붓하게 있고 싶으신 듯하니 나중에 자리가 마련되면 좋겠습니다."

"어쩔 수 없죠."

"도련님, 가시죠."

"……네."

방금까지만 해도 밝게 웃던 녀석의 표정이 굳어진 것만 봐도 얼마나 아쉬워하는지 알 수 있다.

식사하는 내내 최지훈의 5중주를 두고 어떻게 들었는지 이야기를 나누었는데, 어느 정도 궤도에 오른 자신을 알아봐 주는 어른들 사이에서 녀석은 무척 즐거워했다.

"내일 봐."

"응. 안녕히 계세요."

"아빠랑 즐거운 시간 보내렴."

그렇게 최지훈이 얼마 있지도 않고 떠나자 어머니께서 안타까운 듯 작게 한숨을 쉬었다.

"왜?"

"지훈이가 안쓰러워서요. 표정 봤죠?"

"응. 아쉬워하는 것 같더라."

"외로움을 많이 타는 것 같던데 걱정이에요."

어머니의 말씀에 아버지가 큰 미소를 지으며 내게 말씀하셨다.

"도빈이가 있잖아. 둘이 아주 친해 보이던데?"

"네. 친해요."

그렇게 잘츠부르크 페스티벌의 첫 번째 밤을 맞이했다.

"사장님, 쉬셔야 합니다. 벌써 며칠째……."

직원은 며칠째 잠도 제대로 자지 않고 일하고 있는 최우철 사장을 걱정했다.

그의 불면증은 익히 알고 있었지만 억지로라도 자야 할 것 같았다.

결국 쉬어야 한다는 말을 어렵게 꺼냈는데, 최우철은 그의 말을 조금도 신경 쓰지 않았다.

1분도 허투루 쓸 수 없었다.

단 하루의 휴가를 위해 처리할 수 있는 일을 모두 끌어다 해야 했기 때문.

본래 일정만으로도 충분히 살인적이었는데 거기다 ICMCOC와의 스폰서 계약까지 체결하는 문제로 업무량이 지나치게 늘어났다.

특히나 회사의 모든 일을 확인, 최종 결재하는 그의 업무 스타일상 '단 하루'를 비우기란 여간 어려운 일이 아니었다.

"됐어. 하루니까 결재 서류는 딜레이 해놓고."

"네."

부하 직원에게 지시한 뒤 시간을 확인한 최우철은 서둘러 옷을 갖추었다.

"저녁 두 시간은 연락 안 될 테니 그 안에 생긴 일은 메일로 보내놔. 나중에 확인할 테니."

"그렇게 하겠습니다."

서둘러 사무실을 벗어난 최우철은 곧장 이동하여 오스트리아 잘츠부르크로 향했다.

이동을 하는 데에만 허용된 시간의 절반을 사용하여 잘츠부르크의 대축전극장에 도착.

'늦진 않았군.'

최우철은 서둘러 콘서트홀 안으로 들어섰다.

미리 마중 나온 안내원 덕분에 자리를 찾는 건 그리 어려운 일이 아니었다.

그렇게 자리를 잡고 피로함에 눈을 감고 있을 때 박수 소리가 들렸다.

무대를 보자 다섯 아이가 각자 악기 앞에 자리를 잡고 있었다.

최우철이 가장 사랑하는 그의 아들이 피아노 앞에 긴장한 채 마음을 다잡았다.

죽은 아내를 닮은 눈과 곧은 심정.

아내를 땅과 가슴에 묻을 때 혼자 했던 약속을 지키기 위해서라도 최우철은 아들이 좋아하는 음악을 마음껏 시켜주자고 마음먹었다.

사실, 음대생이었던 아내와 달리 최우철은 클래식 음악에 대해 아는 것이 없었다.

그저 아내와 어린 아들이 피아노를 치는 모습을 지켜보는 게 유일한 행복이었다.

목적도 아주 작은 즐거움도 없이 맹목적으로 달려들어야만 했던 그의 삶에서 아내를 만나고 아들을 만나며 지키고 싶은 게 생긴 것이다.

그러나 아내는 덧없이 떠나갔다.

모든 걸 이뤘다고 생각했건만 아내가 병으로 죽은 뒤 그는 모든 것을 잃었다.

명예와 권력, 그 많은 재산 모두 소용없었다.

그런 것들보다 아내가 훨씬 더 소중했음을 뼈저리게 느꼈다.

그때부터였다.

최우철은 최지훈에게 집착하기 시작했다.

아들마저 잃는다면 그에게 남은 것이 없었기에 최지훈에게 유해한, 아들이 꿈을 이루는 데 방해되는 요소는 모조리 배제했다.

만일 그의 집사가 '배도빈 덕분에 도련님이 즐거워하고 발전하고 있습니다'라고 말하지 않았더라면 무슨 수를 써서라도 처리했을 것이다.

비록 유장혁에 의해 본인이 망가지더라도 말이다.

아들이 노력해 출전한 크리크 국제 콩쿠르에서 심사 부정이 있었다는 이야기를 듣고 눈이 돌아가 움직인 것도 그 때문이었다.

왜곡된 집착이 그에게 매일 속삭였다.

아들을 위해 움직이라고.

자기는 돌보지 말고 그보다 아들을 위해 움직이라고.

최우철은 그렇게 본인의 거짓말에 빠져 헤어 나오지 못하고 있었다.

♩♪♪♪♪ ♩

♪♪♪ ♩

연주가 시작되었다.

최우철은 아들을 눈에 담으며 음악에 귀를 기울였다.

연주회에 때맞춰 도착했다는 생각에 긴장이 풀렸는지 피곤이 몰려들었다.

'활기차군.'

나른한 와중에 들리는 부드러운 멜로디는 최우철을 안심시켰다. 그를 달래듯 전개되는 슈베르트의 송어는 피아노가 합세하면서 좀 더 활기를 띠었다.

최지훈이 내는 피아노 소리는 마치 송어가 헤엄을 칠 때마다 생기는 물의 파동 같았다.

곡은 어느새 4악장의 중반부에 들어섰다.

피아노는 보다 활기차게 전면에 나서서 그 활기찬 분위기를 이끌었다.

그런 뒤 다시 현악기가 드러나며 찾아온 위기.

송어는 난생처음 만나는 사람의 손길을 피해 날리 헤엄친다.

질주하는 피아노.

간신히 위기를 모면한 송어는 우쭐해져서 노래한다.

피아노와 현악기가 앞서거니 뒤서거니, 또는 함께 어울리며 위기와 활기를 번갈아 들려준다.

최우철이 드물게 미소 지었다.

다음 날.

히무라, 사카모토와 함께 잘츠부르크 페스티벌을 즐겼다.

여러 건물에서, 심지어는 야외 이곳저곳에서 연주회 또는 상영회가 진행되어 어딜 가든 음악이 가득했다.

음악만큼이나 사람이 가득하여 이 작고 아담한 도시가 활기로 넘쳐났다.

"도빈아, 여기가 어딘 줄 알아?"

어머니와 손을 잡고 걷는데 아버지께서 물으셨다.

"잘츠부르크요."

"하하. 그래. 잘츠부르크지. 예전에 봤던 기억 안 나니?"

"……?"

200년 전쯤에는 한 번 온 기억이 있는데, 그걸 답할 수 있을 리가 없다.

그런 모호한 마음이 표정에 드러난 모양이다. 아버지가 확인하듯이 다시금 물으셨다.

"그렇지? 생각나지?"

"그게."

"사운드 오브 뮤직. 도빈이가 재밌게 봤었잖아."

"……아."

무슨 말씀을 하시나 싶더니 영화의 배경이 이곳이었다고 말씀하시는 듯. 깜짝 놀라고 말았다.

과연 영화를 좋아하시는 아버지가 하실 만한 말이다.

"영화도 찍었지만 모차르트가 여기서 태어났었대."

그건 알고 있다.

그가 잘츠부르크의 영주에게 몹쓸 대우를 받고 당시 음악 활동에 제약을 받았다는 이야기를 들은 적 있다.

좀 더 걷자 야외에서 현악4중주가 연주를 하고 그 앞에 식사를 할 수 있는 장소가 나왔다.

"분위기 좋네. 아침은 여기서 하시는 게 어떻습니까?"

"아주 좋지. 배가 고파 더는 못 걸을 것 같았거든."

사카모토의 엄살에 히무라가 서둘러 자리를 잡았다.

"도빈아!"

마침 아침에 보자고 했던 최지훈도 가까운 곳에 있었다.

"안녕하세요!"

어른들에게 인사를 한 다음 내 곁에 앉았다.

"잘 잤어?"

"그럭저럭. 넌?"

"나두!"

음식을 주문한 뒤 최지훈이 속삭였다.

"어제는 아버지가 기분이 좋으셨나 봐."

이 나이 때의 아이들이 대부분 그렇지만 아버지 눈치를 너무 보는 것 같아 마음이 편치 않다.

"다행이네."

"응. 근데 식사도 덜 하시고 금방 돌아가셨어. 피곤해 보이시던데 괜찮을까?"

그래도 별일 없어 보여 다행이다.

"어머. 인사도 못 드렸는데."

"허허. 사장님도 무척 아쉬워하셨습니다. 이건 도련님과 함께해 주심에 대한 선물로 꼭 전달해 드리라고."

"이런 걸 다……. 정말 많이 바쁘신가 봐요."

그런 이야기를 들으며 먼저 나온 빵을 크림에 찍어 먹는데 최지훈이 물었다.

"근데 빈 필하모닉하곤 언제 연습해?"

"내일."

"엄청 기대된다. 구경하러 가도 돼?"

"글쎄."

빈 필하모닉이라.

사실 베를린 필의 객원 연주자로 활동하기 전에는 빈 필에 대해 많이 접할 수 있었다.

사카모토 료이치가 젊었을 적 악장으로 활동한 곳이기도 해서 이런저런 이야기를 많이 들을 수 있었다.

지금보다 조금 더 어렸을 땐 한스 리히터라는 지휘자가 녹음한 내 교향곡을 들은 적도 있다.

"사카모토, 빈 필에 대해 소개 좀 해줘요."

"음?"

"베를린 필에 있기 전에는 빈 필에도 있었다면서요."

"허허. 벌써 30년도 넘는 일이구만. 아마 내게 듣는 것보단 직접 경험하는 게 좋을 것 같네."

30년이라니.

처음 봤을 때 60대 초반이었던 사카모토의 나이가 벌써 70가까이 되었다고 생각하니 조금 걱정되었다.

푸르트벵글러도 토마스 필스도 모두 이미 적지 않은 나이라는 걸 생각하면 이렇게 왕성하게 활동하는 게 다행이라 생각했다.

그보다 나이가 조금 더 많은 홍승일이 몸이 좋지 않은 걸 생각하면 더더욱 말이다.

"도빈아, 우리 밥 먹고 사진 찍으러 갈래?"

"사진?"

"응. 오스트리아 전통 의상을 입고 기념 촬영을 하는 데가 있대. 예전 음악가들의 복장을 체험할 수 있어."

그 광대 같은 복장이라면 사절이다.

"싫어."

"가자아아~ 가발도 있대. 모차르트 그림 보면 뱅글뱅글 있잖아."

그 웃기지도 않은 가발은 더더욱 사절이다. 19세기에 살았을 적에도 그딴 가발은 쓰지 않았다.

"싫어."

"우리 처음 같이 여행 온 거잖아."

"센다이도 같이 갔잖아."

"아무튼~"

칭얼거리는 최지훈을 무시하며 빵을 입으로 가져갔다.

"도빈아, 그러지 말고 한번 가보자. 재밌을 거야. 추억도 되고."

어머니께서도 최지훈에게 합류해 설득하니 어쩔 수 없었다.

"응? 도빈아~"

"……알았어."

뭔가 매우 꺼림칙하지만 수락했다.

식사 후.

최지훈이 끌고 간 곳에는 과거 사람들이 입던 옷과 소품이 있는 곳이었다.

기념사진을 찍으러 왔다고 하니 점원이 반갑게 맞이했다.

한쪽은 호리호리한 여성이었고 다른 한쪽은 턱이 갈라지고 수염 자국이 있는…… 여성인가 보다.

일단은 치마를 입고 있다.

"어떻게 찍어줄까?"

"모차르트 가발 있어요?"

"그럼. 자자, 저기서 갈아입자."

점원이 최지훈을 끌고 가버렸다.

"귀여운 아이네. 같이 여행 왔니?"

다른 직원이 물었다.

"네."

"어쩜. 둘이 너무 친해 보이네. 벌써 여행도 같이 다니고."

"약속했거든요."

솔직히 최지훈은 떨어질 줄 알았는데 결국에는 둘 다 크리크 결선에 올라 지켜졌다.

다행이다.

"어쩜. 자, 누나가 예쁘게 해줄게. 들어가자."

그녀가 이끄는 곳으로 들어가자 흰 블라우스에 조끼, 넓은 치마가 사방에 걸려 있었다.

좀 더 들어가니 예전에 귀족가 영애들이 입던 옷이 있었는데, 품질은 영 아니었다.

그래도 예전에 입었던 옷과 비슷한 느낌이 있다면 몇 벌 사서 가는 것도 나쁘지 않을 것 같아서 남성복은 어디에 있는지 궁금해졌다.

"친구랑 페어가 좋겠지? 이건 어때?"

점원이 걸음을 흰 머리카락의 가발을 보여주었다.

빳빳하게 굳은 저 가발을 써야 하다니, 정말이지 최악이다.

"가발은 됐어요."

"잘 어울릴 것 같은데? 그러지 말고 한번 써 봐. 옷은…… 이게 좋겠다."

목에 치렁치렁 레이스가 달리고 게다가 새빨간 옷이라니. 스카프라면 몰라도 저렇게 정신없는 옷 따위 입고 싶지 않다.

"화장도 할까?"

"싫어요."

"친구는 할 텐데?"

"도빈아~ 엄마 들어가도 돼?"

때마침 원군이다.

"네."

어머니께서 드레스 룸에 들어오시더니 감탄하셨다.

"어머나. 예쁘네."

"부인, 이건 어때요? 귀여울 것 같지 않아요?"

"어쩜. 그러네요. 도빈아, 이거 봐봐. 잘 어울릴 것 같은데. 어때?"

"……."

레이스가 목으로도 부족해 손목에도 있다.

아무래도 지원군이 아닌 듯하다.

"언제 또 이런 걸 입어보겠니."

언제 또가 아니라 다신 입고 싶지 않지만 어머니께서 로코코 시대의 한량이나 입었을 법한 옷을 들고 간절히 말씀하시니 어쩔 수 없었다.

"……한 번뿐이에요."

"어머님, 이건 어떠세요? 제복도 있어요."

"예쁘네요. 도빈아, 이것도 한번 입어보자."

방금 한 번뿐이라고 했는데, 어머니와 점원이 신이 나서 이것저것 내 몸에 대기 시작했다.

잠시 후.

'이럴 줄 알았다.'

"어머. 도빈아, 너무 예쁘다."

"황황황황황황!"

"껄껄껄껄. 잘 어울리는데? 이건 사진으로 찍어야겠구만."

"푸훗."

어머니가 내 모습을 보곤 깜짝 놀라셨다.

아버지는 숨을 넘어갈 듯 웃으셨고 사카모토 료이치는 멋대로 사진을 찍는 중이다.

히무라는 웃음을 참으려 노력하지만 그럴 수 없는 모양. 결국 호쾌하게 웃어버리고 말았다.

"옆으로 와."

"치워."

"사진 찍어주시는 분이 붙으래."

사진사가 작은 벤치에 앉은 나와 최지훈 앞에서 양손을 모은다.

가까이 붙으라는 뜻 같은데 도저히 어울려줄 마음이 안 들었다.

"치~즈."

"치~즈."

"……."

찰칵-

• 29악장 •

9살, 빈 필하모닉과 오보에

히무라와 배영준이 SNS에 업로드한 배도빈의 모차르트 코스프레 사진과 동영상은 등록된 즉시 폭발적인 반응을 불러일으켰다.

ㄴㅋㅋㅋㅋㅋㅋㅋㅋㅋ돌겠닼ㅋㅋ

ㄴ와 진짜 졸귀탱ㅋㅋㅋㅋ 둘이 왤케 귀여워?ㅋㅋㅋㅋ

ㄴ배도빈 심통난 거 봌ㅋㅋㅋ 저거 백퍼 짜증 난 거임ㅋㅋㅋ

ㄴ그 와중에 최지훈 해맑게 웃는 거 진짜 심장 폭행이다ㅠㅠㅠ

ㄴ배도빈 진짜 너무 잘 어울리는데? 하나도 안 어색한데? 진짜 모차르트 환생 아님?

ㄴ맞을 듯.

ㄴ그런 듯.

ㄴ얘가 이상하게 천재이긴 함.

ㄴ둘이 사이좋은 거 너무 보기 좋다.

ㄴ난 이 커플 찬성일세.

잔뜩 노여워 인상을 쓰고 있는 배도빈과 그 옆에서 세상 다 가진 것처럼 행복해하는 최지훈의 대조적인 모습은 각종 커뮤니티 사이트에 게시되기도 하며 결국, 뉴스 기사로도 올라오게 되었다.

뒤늦게 숙소에서 그 기사를 본 배도빈은 이불을 걷어찼고 최지훈은 그 기사를 고이 캡처했다.

다음 날.

히무라, 사카모토 그리고 최지훈과 함께 빈 필하모닉이 머물고 있다는 장소로 향했다.

구경하고 싶다고 징징대서 어쩔 수 없이 데리고 나왔는데 여기저기 구경하느라 정신이 없다.

"상임 지휘자가 없다고요? 그럼 지휘는 누가 해요?"

그런 와중에 자연스레 빈 필하모닉에 대한 이야기를 주제로 이야기를 나누는데, 히무라가 의외의 말을 해주었다.

“객원 지휘자들이 돌아가면서 말아. 수석 지휘자는 있지만 그렇다고 상주하는 사람은 없거든.”

상임 지휘자라 하면 관현악단에 소속된 지휘자인데 푸르트벵글러와 같은 느낌이다.

그처럼 오랜 세월 한 관현악단에 있을 필요는 없지만 외부 지휘자, 게다가 여러 사람이 오면 빈 필의 정체성은 무엇인지에 대해 의문이 들 수밖에 없었다.

“그럼 사카모토도 객원 지휘자였어요?”

“콘서트마스터로 있던 시기에 지휘자가 마땅히 없어 잠시 맡았었지. 그리 긴 시간은 아니었네. 곧 외부 지휘자를 받아들였으니 말이야.”

‘굳이 그럴 필요가 있나?’

이유를 알 수 없다.

“껄껄. 뭘 궁금해하는지 알 것 같구만. 지휘자가 매번 바뀌면 연주도 달라지지 않겠냐는 거겠지?”

“네.”

사카모토 료이치가 웃으며 히무라의 말에 설명을 덧붙였다.

“베를린 필이 특수한 경우라네. 보통은 하나의 필하모닉을 지휘하는 사람은 여럿 있지.”

푸르트벵글러를 중심으로 똘똘 뭉친 베를린 필하모닉에서

는 상상할 수 없는 일이다.

푸르트벵글러가 힘들 때는 니아 발그레이 같은 악장들이 그 역할을 대신 했던 것과는 무척 다른 방식으로 운영하는 모양이다.

"그러다 보니 어쩔 수 없이 스타일이 바뀔 수밖에 없겠지만, 빈 필하모닉만의 독특한 특징만은 변하지 않지. 빈 필을 지휘하는 사람들도 모두 그 점은 염두하고 지휘대에 오른다네."

"특징이요?"

"음. 여러 가지가 있지만…… 그래. 우선 악기가 다르지."

악기가 다르다니.

뭔가 특별히 좋은 악기라도 쓰는 건가? 무슨 말인지 잘 모르겠다.

"시대 연주를 하는 것처럼 완전히 옛것을 쓰는 건 아니지만 꽤 예전 방식을 고수한다네."

보다 좋은 소리, 보다 편리한 방향으로 발전한 현대의 개량품을 쓰지 않는다니 이해할 수 없었다.

언뜻 듣기엔 잘 감이 오지 않아 좀 더 물었다.

"직접 보여주는 게 낫겠지."

사카모토가 핸드폰으로 무엇인가를 검색하더니 내게 두 장의 사진을 보여주었다.

하나는 지금의 오보에였고 하나는 내가 알던 오보에도, 지금의 오보에와도 다른 형태였다.

"다르게 생겼네요. 운지법도 달리 해야 할 것 같은데."

"정확히 봤네. 빈 오보에라는 건데 19세기 후반쯤에 사용하던 거지. 소리는 좀 더 날카로운 편이고. 비브라토도 없다시피 해서 처음 빈 필에 입단한 사람은 적응하는 데 꽤 고생이야. 오보에 말고도 클라리넷이라든가 호른도 비슷한 경우지."

"왜 이렇게까지 하는 거예요?"

악기마다 장점은 있겠지만 빈 필하모닉이 굳이 개량되기 전의 악기를 고집하는 이유가 궁금했다.

"정체성이랄까. 빈 필은 전통을 지키려는 성향이 강하지."

전통은 중요하지만 좀 더 나아지기 위한 발전이 없다는 것은 그것대로 문제라 생각했다.

"말이 많긴 하죠. 예전에는 유럽인이 아니면 뽑지 않았을 정도였으니까요. 왜, 스기야마 야스히토 씨도 아시아인이라서 차별을 받지 않았습니까."

히무라의 말에 사카모토의 얼굴이 좋지 않아졌다.

"그랬지. 뭐, 지금은 클리블랜드에서 잘 나가고 있으니 다행이지만 그 친구도 무척 속이 상했을 거네."

과거에 인종 차별이 있었던 모양.

"예전에는 더 했지. 빈 출신이 아니면 안 되었으니까. 내가 어렸을 적엔 어지간히 욕을 먹었다네."

사카모토가 어렸을 때라면, 역사적인 관점에서 볼 때 생각보다 그리 오래된 이야기는 아니다.

뭔가 들으면 들을수록 폐쇄적인 단체라는 생각이 들 뿐이다.

"차별적 악단 운영은 부정할 여지 없이 잘못된 정책이었지. 물론, 그래서 지금은 많이 변했다네."

사카모토 료이치는 씁쓸하게 이야기를 마무리했다.

"무슨 얘기 하는 거야?"

독일어를 모르는 최지훈이 방금 사카모토와의 대화에 대해 물었다.

"빈 필이 좀 이상한 곳인가 봐."

"세계 최고의 오케스트라잖아?"

그렇게 인정받으면서도 악단 운영이라든가 내부 규칙은 무척 엄하고 불공평했다는 사실을 전해주었다.

"불공평해."

최지훈도 나와 같은 생각인가 보다.

"너무 안 좋은 이야기만 했는데 사실 다 과거 이야기야. 지금은 그 비판을 수용해서 개선했으니까. 전통을 중요하게 생각하는 이미지를 생각하면 좋을 것 같아."

히무라가 설명을 덧붙였다.

"분명 잘못이긴 해도 지금의 빈 필은 예술적으로는 더할 나위 없이 최고고 악단 운영에도 차별 없이 실력 위주로 돌아가고 있으니 걱정 마."

바뀌었다고 하니 다행이다.

최지훈은 새롭게 알게 된 이야기를 메모하였다.

"그런 것도 적어?"

"너도 메모 많이 하잖아?"

"악상이 떠오르면 적어둬야 하니까."

"그래서 따라 하는 거야."

나쁜 습관은 아니니 굳이 신경 쓰지 않았다.

"여기네."

그렇게 대화를 나누고 있자니 어느덧 빈 필하모닉이 연주회를 준비한다는 장소에 도착할 수 있었다.

"어서 오시오, 사카모토 교수."

"이게 얼마 만인가, 칼."

역시 사카모토는 발이 넓은 모양.

코가 날카롭고 주름이 깊은 노인이 직접 건물 밖으로 나와 사카모토를 반겼다.

"퀴홀도 나왔는가?"

"하하. 오늘은 개인 일정이 있어서 말이지요. 사카모토 교수가 오는 줄 알았더라면 가만있을 사람이 아닌데."

"껄껄. 뭐, 다음을 기약해야겠네."

그러고는 내게 시선을 돌려 손을 내민다.

"환영하네, 도빈 군. 칼 에케르트라고 하네."

"반가워요, 칼 에케르트. 배도빈이에요."

그와 악수를 나누었다.

"두 대의 피아노를 위한 협주곡은 잘 들었네. 그런 연탄곡은 처음이었어."

"고마워요."

"가우왕과 연주회를 한다면 꼭 들으러 가고 싶네. 너무 오래 기다리게 하진 않았으면 좋겠어. 보다시피 살 날이 얼마 안 남아서 말이야."

칼 에케르트의 농담에 나도 사카모토도 가볍게 웃었다.

"그런데 이 친구는?"

"아, 제 친구예요. 견학하고 싶다고 하는데 괜찮을까요?"

"괜찮겠지. 자, 들어가세."

"괜찮대."

칼 에케르트의 말을 전해주자 최지훈이 고개를 꾸벅 숙여 그에게 감사를 표했다.

빈 필에 대해 가지고 있던 편견과 칼 에케르트의 신경질적인 외모 때문에 조금 걱정했는데, 괜찮은 사람인 것 같다.

문을 열고 연습실에 들어서자 연주자들이 우리를 반겼다.

"반가워."

"환영하지."

"영광입니다, 마에스트로 사카모토."

생각보다 연령대가 높다.

절반은 사카모토와 비슷한 연령대로 보인다. 나이가 많고 적고를 떠나 대부분 차분한 인상이다.

'호른이 왜 저렇게 많지?'

호른이 여덟 대나 있다.

히무라와 사카모토에게서 들은 이야기와 함께 유서 깊은 빈 필은 여러모로 의아함을 많이 주었다.

"우선 지켜보겠나?"

"네."

우선은 이들이 어떤 연주를 하는지 직접 확인하고 싶었는데 먼저 제안을 해주니 거절할 이유가 없었다.

간이 의자에 앉으니 빈 필이 연주를 시작했다.

'처음 듣는데.'

미묘한 화성 때문에 흐름이 조금 끊기는 느낌은 있지만, 미완성의 대작을 접한 느낌이다.

D단조로 시작하는 조용한 울림은 어딘지 모르게 그리운 느낌이 든다.

1악장을 모두 들었을 때야 호른이 여덟 대나 있었던 이유를 알 수 있었다.

광활하게 제시한 주제가 뒤섞여 묘한 느낌을 주는데, 호른

주자들이 밸브에 오른손을 넣는 정도를 조절하며 약음을 활용하는 모습이 인상적이었다.

또한 가장 놀란 것은 현악기의 비브라토(vibrato: 기악 또는 성악에서 음을 떨어서 내는 기법)가 놀랍도록 일치한다는 것이었다.

어지간한 노력으로는, 아니, 정상적이라면 이렇게까지 똑같이 연주할 수 없다.

1악장이 끝나고 박수를 보냈다.

"무슨 곡이었어요?"

사카모토에게 물었다.

"브루크너의 9번 교향곡이었네. 처음 듣는 모양이구만."

브루크너라.

확실히 처음 듣는 이름이다.

꽤 후대 음악에 대해 많이 접했다고 생각했는데, 이만한 곡을 만든 음악가에 대해 몰랐다니.

아직 공부할 게 많은 듯해서 조금은 기뻤다.

"네. 처음 들어요."

"빈 필의 주 레퍼토리지. 빈 필의 브루크너는 꼭 한번 들어보게. 애석하게도 방금 들었던 9번은 미완성이지만."

"미완성?"

"음. 3악장까지만 완성하고 브루크너가 죽고 말았네. 왜, 그런 징크스가 있지 않은가. 베토벤 이후의 작곡가들은 9번 교향곡 이상을 못 쓴다는."

이건 또 무슨 괴담이란 말인가.

생전 처음 듣는 말에 조금 얼굴을 찌푸리자 히무라가 설명을 더해주었다.

"말 그대로 베토벤 뒤에 나온 거장들이 대부분 아홉 개의 교향곡 이상을 만들지 못했거든."

"그럼 더 많이 작곡한 사람도 있다는 뜻이잖아요."

"응. 하지만 인정받는 음악가라 해야 할까. 지금도 사랑받는 사람 중에서는 쇼스타코비치를 제외하면 모두 아홉 개 이하였어. 브람스, 차이코프스키, 브루크너, 말러 등등. 아, 슈베르트나 드보르자크도."

쉴 새 없이 유명 음악가의 이름을 읊는 히무라를 보니 정말 꽤 많은 사람이 그런 것 같다.

하기사 교향곡 자체가 사력을 다해 만드는 일생의 대작이니 그럴 만도 하다는 생각이 들었다.

다시 태어난 뒤 관현악곡을 여럿 만들기는 했지만.

모두 '이야기'에 더해지는 곡이었고 제대로 된 교향곡은 아직 시도조차 못 해봤으니, 다른 음악가들이 많은 양을 만들지 못하는 것도 조금은 납득이 되었다.

사람의 삶은 유한하니까.

"연주에 대해서는 말이 없구만."

그런 대화를 하고 있자니 칼 에케르트가 다가왔다.

"어떤가. 소감은."

"대단했어요. 비브라토마저 맞추던데요?"

"하하하! 역시 귀가 좋구만. 완벽과 전통. 빈 필이 추구하는 가치지."

확실히 대단한 실력인 것은 부정할 수 없다.

많은 수는 아니지만 몇몇 현대 관현악단을 접한 경험으로 비추었을 때 빈 필이 뭔가 다르다는 건 알 수 있었다.

"자, 그럼 함께해 보겠나?"

"조금 더 들어볼게요."

사실 빈을 연고로 있는 곳이라 여러모로 마음이 가던 악단이었는데 베를린 필하모닉 때처럼 썩 마음에 들지는 않았다.

'지휘자가 중요한 악단이 아니야.'

이곳은 전통으로 움직인다.

상임 지휘자가 없는 것도 조금은 이해할 수 있겠다.

모든 연주자가 버릇 하나까지 통일해 버렸으니 어떤 지휘자가 오든 이들의 특징은 변하지 않을 거라 생각했다.

"다음은 모차르트. 5분 쉬고 시작하겠네."

브루크너의 9번 교향곡을 연주한 빈 필이 잠시 휴식에 들어갔다.

호른 주자 등 몇몇이 자신의 연습이 끝나자 악기를 챙겨 밖으로 나갔다.

"익숙한 느낌일 것 같은데. 그렇지 않은가?"

사카모토가 물었다.

정말 그런 느낌이긴 해서 어떻게 알았는지 되물었다.

"어떻게 알았어요?"

"처음 봤을 때는 고전 쪽만 알고 있었으니까. 그 시대를 좋아하니 그랬을 거라 생각했지."

좋아하는 건 맞지만 사카모토를 처음 만났을 때는 아직 후대 음악을 많이 접하지 못했던 시기다.

'지금도 브루크너와 같은 훌륭한 음악가에 대해서 모르지만.'

사카모토가 그때의 나를 기억하고 있다는 데에서 조금 기쁘기도 하면서 그의 날카로운 통찰력에 감탄했다.

하지만 익숙하다고 해서 좋은 것만은 아니다.

"자, 다들 준비하게. 도빈 군도 함께하지."

칼 에케르트의 인도를 받아 피아노 앞에 앉았다.

4일 뒤 빈 필하모닉 공연에 앞서 나는 두 곡을 연주한다.

하나는 크리크 결선 진출자의 자격으로 연주하게 된 모차르트 피아노 소나타 11번 A장조, K.331.

또 하나는 이 사람들과 함께 공연 마지막에 연주할 모차르트 피아노 협주곡 20번 D단조, K.466.

모차르트의 고향이 아니랄까 봐 마지막 날 공연은 모두 모차르트로 도배한 모양이다.

"처음이기도 하고 독주는 자유롭게 해보는 게 어떤가?"

칼 에케르트가 물었다.

그도 빈 필하모닉도 내가 얼마나 잘하는지 확인하고 싶은 모양이다. 내가 그들의 실력을 가늠했던 것처럼 말이다.

다들 나를 조금은 미심쩍게 생각하는 것 같다.

하지만 모차르트의 피아노 협주곡 D단조라니.

너무나 즐겁지 않은가.

"그렇게 할게요."

거부할 이유가 없다.

♩♪♪♬

♪♩♩♩

빈 필하모닉이 연주를 시작했다.

조용히 시작하는 도입부.

조금씩 단계별로 고조되다가 관악기의 강렬한 등장과 함께 곡이 시작된다.

알레그로(Allegro: 빠르게)는 아름다운 선율이 사이사이에 배치된 현악기의 돌출이 긴장감을 조성한다.

그렇게 점차 잦아들다가 또다시 타악기의 참여로 인해 고조

되는 분위기.

모차르트의 곡 중에서도 가장 사랑하는 D단조를 이렇게 훌륭한 연주로 다시 듣다니.

정말이지 기쁜 일이다.

예전에 만들었던 곡을 그대로 연주하는 것도 괜찮지만.

실력을 보여줘야겠지.

첫 독주 파트는 은은하고 간절하게.

바이올린의 음이 흐드러질 때 건반을 눌렀다.

빈 필하모닉의 연주를 듣고 있던 히무라 쇼우는 조금 걱정되었다.

자긍심 강한, 나쁘게 말한다면 본인들 이외에는 배척하는 성향이 남아 있는 빈 필과 배도빈이 잘 어울릴 수 있을지에 대한 우려였다.

배도빈의 실력을 의심하는 것은 아니었다.

천 년에 한 번 나올 천재라는 배도빈을 발굴한 장본인인 만큼 히무라는 그런 걱정을 하진 않았다.

다만 방금 빈 필의 지휘자 칼 에케르트의 제안은 성급한 면이 있었다.

저들도 배도빈이 연습할 시간이 없었다는 것은 뻔히 알고 있다.

크리크 결선을 치르고 오늘까지 4일. 모차르트의 피아노 협주곡 D단조, 독주 파트를 준비하기엔 턱없이 부족한 시간이었다.

카덴차(cadenza).

협주곡에 들어가는 독주 파트로 다른 악기가 연주를 멈추고 독주자의 역량을 과시하는 부분이다.

문제는 모차르트 본인이 즉흥 연주의 대가였기에 이 독주 파트에 대해서는 악보를 만들지 않고 그때마다 조금씩 연주가 달랐다는 점.

물론 악보로도 D단조 협주곡의 독주 파트가 있긴 하지만 매우 단순하게 적힌, 그야말로 '공산품'된 버전일 뿐이었다.

현대 전문가들이 '즉흥 연주의 대가 모차르트가 이렇게 단순하게 연주를 했다고? 말도 안 된다'라고 평할 정도니까.

아마 모차르트의 즉흥 연주를 악보로 받아 적는 과정에서 단순화되었다는 게 중론인데.

관중은 둘째 치고 배도빈이나 빈 필하모닉이 그런 악보를 연주함에 만족할 리가 없었다.

그래서 히무라는 빈 필이 독주 파트를 준비할 시간도 없었던 배도빈을 골려주기 위해 저런 제안을 한 것일지도 모른다고 생각했다.

그런 생각을 하며 걱정스레 한숨을 길게 내쉬니 사카모토 료이치가 웃으며 히무라의 등을 툭툭 위로해 주었다.

한편 사카모토 료이치는 히무라와 달리 배도빈이 이번에는 또 어떻게 자신을 놀라게 할지 기대하고 있었다.

빈 필하모닉의 의도는 뻔했다.

배도빈이 얼마나 준비되어 있는 피아니스트인지 확인하고 싶은 것이다.

그러지 않고서야 대뜸 독주 파트를 곧장 요구할 리가 없으니까.

사실 이만한 위치의 음악가들이 협연할 상대의 수준을 가늠하는 일은 필연적인 과정이다.

문제는 빈 필하모닉과 배도빈이 서로를 얼마나 인정하는가.

'어서 놀라게 해주게나.'

그러나 사카모토 료이치는 조금도 걱정하지 않았다.

빈 고전파라 불리는 세 명의 천재를 위시한 당시 음악에 대한 이해도에 관련해서.

사카모토 료이치는 배도빈보다 나은 사람을 본 적이 없었다.

더욱이 베토벤의 음악에 관련해서는 이해할 수 없을 정도로 그 깊이가 남달랐는데, 모차르트 피아노 협주곡 D단조는 베토벤이 가장 사랑했던 곡 중 하나.

특히 카덴차는 베토벤이 따로 작곡해 놓았을 정도로 좋아했다.

♪♪♬♪

배도빈이 건반을 누르는 순간 연습실의 공기가 달라졌다.

'흐음.'

피아노 독주를 위해 잠시 연주를 멈추었던 빈 필하모닉은 너무도 아련하게 시작한 피아노 소리에 마음을 빼앗겨 버렸다.

빈 필에서 배도빈의 음악을 들어보지 않은 사람은 없다.

뛰어난 작곡가라는 것을 부정하는 사람도 없었다.

그러나 연주는 다르다.

어린 나이에 뛰어난 연주를 할 수는 있어도 이렇게 연주를 자연스럽게 흐름을 이어받아 즉흥적으로 연주할 수 있는 사람은 프로의 세계에서도 흔치 않다.

비록 그가 제1회 크리크 국제 피아노 콩쿠르에서 당당히 만점을 받아내며 우승했다고는 하지만.

일대일 경연에서 가우왕을 꺾었다고는 하지만 이렇게나 흡입력 있는 연주를 할 줄은 몰랐다.

오랜 시간 준비한 것도 아닌, 즉흥 연주로 말이다.

'신기하군.'

'어떻게 이런 연주가 가능한 거지?'

천재라는 말로는 설명할 수 없었다.

빈 필의 단원들 중 천재 소리를 듣지 않은 사람은 단 한 명도 없었다.

어렸을 적부터 천재라고 불린 사람이 빈 국립오페라 관현악단에서 최소 3년 이상 훈련을 거쳐야 빈 필하모닉 입단 심사 자격을 얻는다.

그 심사를 통과해 다시 빈 필하모닉의 연주자로서의 훈련을 거친 엘리트 중의 엘리트.

평균 연령이 높은 이유도 그 때문인데 이들은 전통을 지키려는 정신으로 빈 고전파의 음악을 그 어떤 관현악단보다 완벽히 연주해 왔다.

암스테르담 로열 콘세르트허바우 오케스트라, 베를린 필하모닉과 함께 세계 최고의 필하모닉이라 불리는 이유는 빈 필의 오래된 역사와 그 정신 그리고 평생을 다한 단원들 덕분이다.

그런 그들이 배도빈의 연주에 감탄한 것은, 단순히 뛰어난 연주자라서가 아니었다.

가우왕, 막심 에바로트 등 30대의 젊고 뛰어난 피아니스트도 있지만 빈 필이 추구하는 '고전에 충실한 연주'와는 거리가 멀었는데.

만 여덟 살의 아이가 자신들이 바라던 스타일로 너무나 뛰어난 연주를 해내니, 크게 기대하지 않았던 그들로서는 너무나 반가울 수밖에 없었다.

배도빈의 첫 번째 독주 파트가 끝나고 빈 필은 다시금 연주를 시작했다.

함께 어울리기도 하고 다시 독주를 하기도 하는 과정에서 빈 필은 자신들이 원하던 피아니스트를 만난 듯한 기분에 사로잡혔다.

빈 필하모닉이 추구하는 것은 그 무엇보다 빈 고전파의 음악을 이어나가는 것.

연주자들은 배도빈의 연주에서 그 어떠한 협연자들에게서도 느끼지 못했던 빈 고전파의 향수를 진하게 느낄 수 있었다.

연주 자체의 솜씨는 말할 것도 없었으며 자신들이 지키려고 해왔던 전통의 가치를 알고 있는 어린 천재에게 마음을 빼앗겼다.

연주를 끝내자 칼 에케르트가 허탈하게 웃었다.

"믿을 수가 없군. 정말 대단한 연주였네."

그가 악수를 청해서 일단은 받았는데 그 뒤에 나이 지긋한 남자가 기다렸다는 듯이 내게 손을 내밀었다.

"다비드 오이스트라고 하네. 빈 필의 악장이지."

“반가워요.”

“정말 훌륭한 연주였네.”

은은한 미소를 보니 진심인 듯한데 사실 베를린 필에서 느꼈던 충족감은 느끼지 못했다.

현대의 오케스트라와 연주를 했다는 기분이 아니라 마치 예전으로 돌아간 듯한 느낌이 들었던 탓인데.

변화와 발전.

빈 필은 변화도 발전도 없는 듯한 묘한 기분이 들게 하였다.

분명 세계 최고의 악단이라는 데 이견을 낼 수는 없지만, 나는 항상 좀 더 변화하고 더 나아가는 것을 추구한다.

만일 내가 변하지 않았더라면 아직도 하이든과 모차르트의 음악을 하고 있었을 테니까.

전통과 변화의 가치에서 무엇이 더 중요한지는 알 수 없지만.

그렇게 빈 필과의 첫 번째 만남이 마무리되었다.

연습실에서 벗어나 집으로 돌아가는 길에 최지훈이 펄쩍펄쩍 뛰며 호들갑을 떨었다.

“대단해! 엄청났어. 독주 파트 베토벤의 카덴차였지? 조금 달랐지만!”

“응.”

“최고였어. 조금 걱정했는데 빈 필도 놀란 모양이야. 도빈이 네 연주 듣고 놀란 걸 봤어야 했는데.”

히무라도 최지훈도 빈 필도 만족하는 듯하다.

"뭔가 흡족하지 않은 눈치로구만."

"어? 그랬어?"

그러나 사카모토 료이치만은 내 기분을 이해한 모양.

히무라가 내게 물었다.

최지훈은 무슨 말인지 알아듣지 못해 갸웃거리며 나와 사카모토와 히무라를 번갈아 보았다.

"네. 조금."

"궁금하구만. 들려주겠나?"

천천히 걸으면서 생각을 정리하고 말했다.

"빈 필은 더할 나위 없이 좋은 악단이에요. 다만 경직되어 있다고 해야 하나. 조금 아쉬워요."

"하핫하! 이거 빈 필이 들었으면 큰일 날 말이었구만."

사카모토가 웃었다.

"모든 악기가 같은 소리를 내니 뭐랄까. 훌륭하면서도 작위적인 느낌이 들었어요. 나쁜 건 아닌데 분명."

오케스트라는 여러 악기가 모인 하나의 또 다른 악기.

한 파트가 동일한 연주를 하는 건 분명 대단한 장점이다. 그런 것은 베를린이나 암스테르담도 못할 일이다.

몇 년이나 똑같은 연주를 하기 위해 노력한 사람들이 모인 빈 필만이 할 수 있는 일인데, 나는 그것이 싫었다.

사카모토 료이치가 씩 하고 웃었다. 빈 필에서 악장을 했던 그라서 내 말을 이해한 것처럼 보였다.

"그래. 나쁜 것은 아니지. 도리어 대단한 일인데 취향이 갈릴 뿐이야. 하지만 나도 악기마다 조금씩 차이가 나는 것도 오케스트라의 한 부분이라 생각하네."

같은 생각이다.

"전통을 지키는 것도 중요하지만 자연스럽게 변화할 수밖에 없는 것을 거부하는 것도 어떤 의미를 가지는지는 모르겠네. 그래서 나왔지. 껄껄껄."

사카모토가 빈 필을 떠났을 때의 심정을 조금 이해할 수 있을 것 같았다.

"하지만 협연은 다르지. 주인공은 자네일세. 어떤가. 4일 뒤 협연만큼은 빈 필을 잘 활용해 보는 것이."

"그럴 생각이에요."

사카모토와 마주 보며 씩 웃었다.

"무슨 얘기 하는 거야? 나도 알려줘."

다음 날.

연습이 10시부터라 거리 연주를 즐기기 위해 조금 일찍 나왔다.

광장에는 음료를 마실 장소가 마련되어 있어 편하게 음악을 들을 수 있었다.

대화하는 소리와 악사들의 연주 소리가 한데 어울렸지만 이것도 나쁘지 않다고 생각했다.

활기차고 평화로운 분위기 속에서 오렌지 주스를 마시며 주변을 구경하니 나도 합류하고 싶어졌다.

"한국으로 돌아가면 연주회 일정 좀 잡아주세요."

"그래야지. 앨범 내고 활동을 안 했으니까. 협연자가 구하는 게 좀 어렵겠지만."

"가우왕은요?"

"연락해 봐야겠지만 그쪽도 일정은 바쁘니까. 아마 모든 연주회에 함께하진 못할 거야."

가우왕이라면 툴툴대면서 와줄 것 같지만 어쩔 수 없는 상황이 생긴다면 대안을 고려해 봐야겠다.

"남궁예건이나 최성신 같은 사람도 잘하니까. 괜찮을 거라 생각하는데. 어때?"

"흐응."

최성신은 연주를 듣지 못해 알 수 없지만 남궁예건이라면 조금 아쉽다.

그를 낮게 보는 건 아니지만 두 번째 앨범의 난이도는 단순히 기교의 문제가 아니니까.

♬♪♪♬

'좋네.'

가우왕의 대체자를 고민하는 와중에 들린 오보에 소리가 구슬프게 꽂혔다.

'누구지?'

반주도 없이 오보에만을 연주하는 일은 상당히 드문데 실력이 썩 좋은 사람이라 집중하게 되었다.

"쉽게 결정할 일은 아니니까. 시간을 두고 좀 더 고민해도 괜찮다고 봐."

히무라가 상념을 깼다.

무심코 오보에 소리에 정신이 팔렸던 나도 본래 주제로 돌아와 히무라에게 물었다.

"최성신이란 사람은 어떤데요?"

"남궁예건보다 조금 어려. 아직 발전하고 있는 단계지만 스타성은 있어. 연주도 감각적으로 하고. 아무래도 저번 쇼팽 콩쿠르 우승자니까."

돌려서 말하지만 결국엔 내 기준에는 부합하지 않는다는 말이다.

역시 가우왕이 와줬으면 좋겠다고 생각하면서도 오보에 연주가 너무 좋아 자꾸만 그쪽에 집중하게 되었다.

주변을 둘러봤는데 오보에를 연주하고 있는 사람은 보이지 않는다.

"실은."

"아, 네."

"박건호 피아니스트가 좋다고 생각해. 한국의 피아니스트라면 그분만큼 훌륭한 사람도 드무니까."

히무라가 이어폰과 핸드폰을 꺼내 내게 넘겨주었다.

내 피아노 소나타 7번 D장조다.

현대 사람들은 잘 연주하지 않는 걸로 알고 있는데 의외다. 연주도 깊이와 힘이 있다.

"좋은데요?"

"응. 베토벤 소나타하면 박건호 피아니스트니까. 뭐, 연락해봐야 알겠지만 수락한다 해도 꽤 시간이 걸릴 거야. 네 곡을 연습해야 하니까."

확실히 다른 곡도 마찬가지지만 앨범을 낸 지 얼마 안 되어서 당장 연주를 함께할 수 있는 사람은 가우왕뿐이다.

빨리 저들처럼 연주회를 열고 싶은 나로서는 아쉬운 일이다.

예전에 만들었던 소나타로 하는 것도 즐겁겠지만 피아노 리사이틀은 처음이니 기왕이면 새로 만든 곡도 연주하고 싶다.

"참, 홍 선생님은 어때?"

"으."

싫다.

"왜? 실력도 좋고 네 앨범 많이 들으시던 것 같은데."

이름을 들었을 때는 거부감이 들었는데 막상 생각해 보니 가우왕이 아니라면 그만한 사람도 없었다.

일정도 널널하고 실력도 뛰어나고 또 내 두 번째 앨범을 많이 들었으니 아무래도 연습이 오래 걸리진 않을 거다.

"가우왕이 안 된다고 하면 한번 물어볼게요."

"그래."

그렇게 대화를 나누는데 맞은편 사람이 일어나면서 막혔던 시야가 트였다.

청년이라 하기엔 아직 어린 남자가 오보에를 불고 있다.

마치 유령에 홀리듯 그 앞으로 향했다.

이 처연한 울림.

마치 대 자연의 품속에 남은 듯한 심상.

어린 오보이스트에게 푹 빠져 버렸다.

'빈 오보에.'

빈 필하모닉이 쓰는 것과 같은, 금속 키가 덜 부착되어 있는 빈 오보에였는데, 손질을 정성 들여 했지만 그럼에도 상당히 낡아 보였다.

'쉽지 않았을 텐데.'

오보에는 저음역대를 연주하는 일이 여간 어려운 게 아니다.

어린 나이에 저음역대도 훌륭히 소화하는, 게다가 상대적으로 불편한 빈 오보에의 특징을 잘 살려내는 실력에는 내심 감탄할 수밖에 없었다.

그가 연주를 마쳤고 경의를 담아 박수를 보냈다.

"멋진 연주였어요."

어머니께서 만들어주신 목걸이형 지갑에서 10유로를 꺼내 동전이 담긴 통 속에 넣었다.

"감사합니다. 마음에 드셨다니…… 맙소사."

나를 본 거리의 오보이스트가 눈을 크게 뜨고 말을 더듬었다.

"배, 배도빈. 배도빈이잖아! 말도 안 돼. 배도빈이 내 연주를 들었어!"

그가 정신없이 폴짝폴짝 뛰다가 내게 악수를 청했다.

"마르코. 마르코 진이라 해요. 베를린 필에서 지휘한 신세계로부터 너무 잘 들었어요."

열다섯? 어쩌면 그보다 어릴지도 모르는 마르코가 예전 일을 떠올리게 했다.

"찾아줘서 고마워요. 배도빈이라고 해요."

그가 청한 손을 기꺼이 쥐고 흔들었다.

"아, 직접 가진 못했어요. 영상으로 들었거든요. 너무 아쉬웠지만."

나도 그도 씩 하고 웃었다.

사실 그때 공연 티켓이 비싸기는 했다. 마르코 진의 오보에는 무척 고가의 것으로 보이지만 보통 여유가 있지 않고서야 쉽게 찾을 수 없는 연주회였던 것은 사실이다.

"무슨 곡이었어요?"

"아, 미션이란 영화의 OST예요. 가브리엘의 오보에라고."

기억해 둬야겠다.

"도빈아, 미팅 시간이 다 되었는데."

이 사람의 연주를 좀 더 듣고 싶은데, 아쉽게 되었다.

"매일 여기서 연주해요?"

"네. 해가 질 때까지 해요."

"내일도 찾아올게요."

마르코는 힘차게 손을 흔들어 나를 배웅해 주었다.

"그렇게 좋았어?"

"네. 나이를 감안하지 않아도 능숙했어요. 탐나는데."

쉬운 악기는 없다지만 어린 나이에 오보에를 저렇게 잘 다루는 사람은 특히나 드물다.

관리도 무척이나 세밀한 기술을 요하기 때문에 오보에 연주자들은 무척 부지런해야 하는데, 용케 그걸 잘 해내고 있다고 생각했다.

"탐난다니 불안한데."

"뭐가요?"

"또 투자한다고 할까 봐 그렇지. 미리 말하지만 네 수익이 아무리 많다고 해도 니나 양 학비만 해도 엄청 들 거야."

"괜찮아요. 갚는다고 했어요."

"그녀가 뛰어난 건 알지만 수익을 내려면 적어도 음대를 졸업할 때는 되어야 하지 않을까?"

"전 내년 쇼팽 콩쿠르에 내보낼 생각이었는데."

"쇼, 쇼팽? 벌써? 니나 양은 피아노를 정식으로 배우지 않았어. 레퍼토리도 베토벤 소나타에 치우쳐져 있고."

"그러니까 음대에 보낸 거잖아요. 열심히 하라고 전해주세요."

내 말을 들은 히무라가 무척 황당한 표정을 지었다.

그러나 나는 모든 사람이 니나 케베리히의 피아노에 감격할 거라 확신한다.

그녀는 분명 가까운 미래에 세계에서 가장 사랑받는 피아니스트가 될 것이다.

"크리크 콩쿠르 때 타마 어쩌고가 제 라이벌이라고 떠들어 댔잖아요."

"그랬지."

"전 그때 니나 케베리히가 제 라이벌이 될 거라 생각했어요."

"뭐?"

"그 정도는 되니까 투자했죠."

조금 황당해하는 히무라를 재촉해 빈 필하모닉이 기다리고 있는 연습실로 향했다.

♪

다음 날 좀 더 이른 시간에 광장으로 향하자 진 마르코가 반갑게 손을 흔들었다.

그에 대해 알고 싶어 오렌지 스무디를 대접했다.

어제 한차례 만난 덕분에 진 마르코는 어제보다는 조금 차분해졌고 말도 편하게 했다.

덕분에 꽤 개인적인 이야기도 화제로 들을 수 있었다.

예를 들어 그가 16살이라는 것과 명확한 목표를 가지고 있다는 점을 말이다.

"그래서 오스트리아 국립 오페라 관현악단에 들어가는 게 목표야."

"국립 오페라?"

마르코가 고개를 끄덕이곤 설명을 덧붙였다.

"할아버지도 아버지도 국립 오페라 관현악단 출신이시거든. 나도 꼭 그렇게 되어서 빈 필하모닉 수석 오보에가 되는 게 꿈이야. 아버지가 했던 것처럼."

빈 필하모닉에 들어가려면 오스트리아 국립 오페라에서 최소 3년 이상 재직해야 한다던 말이 떠올랐다.

"꿈이 좋은데? 혹시 아버님 성함이 어떻게 되시는지 여쭤도 될까?"

나를 대신해 히무라가 물었다.

"지넨 마르코예요."

나는 처음 듣는 이름이라 히무라를 보았는데, 조금 당황한 표정이었다.

"왜 그래요?"

"아, 아니야. 훌륭한 오보이스트시지. 훌륭한 아버지를 두었구나."

히무라의 말에 진 마르코가 활짝 웃었다.

조금 더 이야기를 나누었는데 진 마르코는 정말 오스트리아 국립 오페라 관현악단과 빈 필하모닉의 광팬이었다.

"빈 국립 오페라 극장 가봤어?"

고개를 저으니 마르코가 어제처럼 흥분해서 신나게 떠들었다.

"꼭 한 번 가봐야 해. 꼭! 한 번 가면 두 번 안 갈 수 없을걸? 그 웅장하고 멋진 건물만 봐도 너무 대단해."

"그렇게나?"

"응!"

히무라가 웃으며 마르코의 말에 설명을 더해주었다.

"유럽에서 가장 유명한 오페라 극장 중 하나지. 보통 빈과 파리, 밀라노의 스칼라 극장 정도를 손꼽아서 유럽 3대 극장이라 해."

오페라는 그리 좋아하지 않지만 꽤 흥미로운 이야기다.

"진짜 멋있어. 천장에 도넛처럼 생긴 샹들리에랑 층층이 있는 관중석. 그 앞에 있는 무대와 조명까지. 꼭 가봐. 엄청 싸."

예전만큼은 아니지만 클래식 음악은 여전히 꽤 많은 돈이 드는 문화라고 알고 있었다.

첫 번째 앨범을 내기 전까지는 가난해서 CD를 듣는 정도가 전부였으니까.

"싸다고?"

마르코가 고개를 힘차게 끄덕였다.

"응. 3유로!"

"싸!"

깜짝 놀라 소리쳤다.

3유로라면 4,000원 정도다.

그 돈으로는 일본에서 카레 한 그릇도 못 사 먹는데, 오페라 하나를 감상할 수 있다니.

마르코가 싸다고 말할 만하다.

"그치! 입석이긴 하지만."

"그게 어디야."

꼭 한번 가봐야겠다고 생각하고 있을 무렵 마르코가 또 빈 국립 오페라 극장 자랑을 이어나갔다.

"게다가 반주는 무려 빈 필이 직접 한다고. 꼭! 꼭 가야 해."

"……어? 국립 오페라 관현악단이 아니고?"

왜 빈 필이 오페라의 반주를 해주는지 이해할 수 없었다.

"하하. 신기하지? 저번에 사카모토 선생님하고 잠깐 이야기 했지만 빈 필은 여러모로 독특한 곳이야."

"자세히 좀 말해봐요."

하나도 못 알아듣겠다.

"음……. 나도 외부자라 잘은 모르지만 빈 국립 오페라 오케스트라에 입단하면 빈 필에서 인턴처럼 연주를 배우게 돼."

인턴?

"……쉽게요."

"견습? 연습생?"

"아."

"응. 그렇게 빈 국립 오페라 오케스트라랑 빈 필은 밀접하게 연관되어 있어. 빈 필이 매일 국립 오페라 극장에서 반주를 하지만, 그 연주자들은 빈 필의 연주자이기도, 국립 오페라 오케스트라 소속이기도 해."

예전에 지니위즈 시리즈의 스토리를 설명해 줄 때도 느꼈지만 히무라는 뭔가를 설명하는 데 아주 재능이 없는 듯하다.

하나도 모르겠다.

“제일 중요한 건!”

한국말로 대화하고 있던 나와 히무라 사이를 끼어든 마르코가 자랑스레 말했다.

“빈 필이 세계 최고의 오케스트라라는 거야.”

해맑게 웃는 녀석의 밝음은 마치 최지훈을 보는 듯해서 무심코 웃고 말았다.

“여기서 열심히 연주를 해서 모은 돈으로 대학도 가고 빈 필에 들 거야.”

“응원할게.”

그의 미래를 축복하며 악수를 나누었다.

연습 시간이 다 되어 마르코와 헤어지고 연습실로 향하는 길에 히무라가 일본어로 ‘殊勝だね’라고 중얼거렸다.

“뭐가 기특해요?”

“아, 마르코 말이야.”

무슨 말인가 싶어 재촉했더니 히무라가 진 마르코의 낡은 오보에의 비밀을 말해주었다.

“진의 아버지 지넨 마르코라는 분 꽤 오래전에 돌아가셨거든. 빈 필하모닉의 부수석이었던 걸로 기억하는데 아들이 있었을 줄은 몰랐네.”

“기특하네요.”

부모를 잃었음에도 꿈을 잃지 않고 앞으로 나아가는 밝은 아이라니.

정말 기특하다.

“아, 안 돼. 더 이상의 투자는 안 된다고.”

“누가 뭐래요?”

진 마르코.

기억해 둬야겠다.

· 30악장 ·

9살, 배도빈이 빈 필하모닉으로 고전을 노래하다

8월 22일.

오스트리아 잘츠부르크 대축전회장은 이례적인 인파로 몸살을 앓았다.

매년 수백만 명의 관광객이 몰려드는 관광지라고는 해도 이렇게나 많은 유명 인사가 몰려들기는 90년 가까이 된 잘츠부르크 페스티벌 역사에서도 드문 일이었다.

그 이유는 하나.

긴 시간 연주회를 갖지 않았던 배도빈이 바로 오늘, 잘츠부르크 페스티벌의 폐막일에 등장하기 때문이었다.

배도빈의 피아노 독주.

또 세계 최고의 오케스트라 빈 필하모닉과 배도빈의 협연도 예정되어 있었기에 관객들의 기대감은 부풀 대로 부풀어 있었다.

유명 인사들도 대거 눈에 띄었다.

기자들마저 대체 어떤 사람에게 먼저 인터뷰를 따야 하는지 갈팡질팡할 정도였다.

“가우왕! 가우왕이다!”

“배도빈과의 협주곡 연주회는 대체 언제 하시는 겁니까?”

가우왕은 그의 긴 머리를 옆으로 넘기며 도도하게 말했다.

“샛별 엔터테인먼트 측에서 여러 번 부탁을 했던지라 저도 독일 아리아도 긍정적으로 검토하고 있습니다. 다만 스케줄이 있다 보니 빠른 시일 내에는 어려울 것 같습니다.”

여유롭게 기자들을 상대하는 모습은 뭇 클래식 음악 팬들의 시선을 사로잡기에 충분했다.

그러나 그의 여유로운 태도는 그리 오래 가지 못했다.

“내년 쇼팽 콩쿠르 예선 심사위원으로 발탁되셨습니다. 배도빈의 참가가 확실시되었는데 경연에서 본인을 이긴 상대를 평가하게 된 소감은 어떻습니까?”

“뭐, 뭐라고!”

자존심에 상처를 받은 가우왕이 눈을 부라렸다.

“파보 예르비앙! 대축전극장을 찾은 이유는 배도빈 때문입니까?”

“은퇴 후 마에스트로를 그리워하는 팬들에게 한마디 부탁드립니다!"

한편 1980년대를 풍미했던 프랑스의 피아노 거장 파보 에르비앙이 은퇴 후 처음으로 공식석상에 모습을 드러내는 바람에 가우왕에게 쏠렸던 관심은 금세 파보 에르비앙에게 쏠렸다.

"가장 사랑하는 음악가가 피아노를 연주한다기에 찾았습니다. 베를린 필에서 그가 지휘했던 신세계로부터를 잊을 수 없었는데, 그의 모차르트라니. 아내의 생일에 최고의 선물이 될 것 같네요."

배도빈의 연주를 기대하는 노부부의 다정한 모습은 곧장 여러 언론을 통해 거장의 오랜 팬들에게 전달되었다.

"미카엘 블레하츠다!"

"찰스 브라움이야!"

"필스 경! 배도빈의 콘서트에는 빠짐없이 참여하고 있는데 그에 대해 한마디 부탁드립니다!"

여기저기서 거물들이 나타나니 기자들은 도무지 판단을 할 수 없었다.

"이런. 대체 누구한테 붙어야 하는 거야?"

"어엇! 사카모토 료이치다!"

"사카모토 료이치! 오늘 배도빈의 연주에 주목할 만한 것이 있다면 말씀 부탁드립니다!"

"흐음. 글쎄요."

“크리크 콩쿠르 이후 쭉 함께 지내신 걸로 알고 있습니다! 한 말씀 부탁드립니다!”

“그렇긴 하지만 특별히 물어보질 않아서 말이지요. 지난 일주일간 오늘을 위해 참고 있었으니 충분히 즐길 생각입니다. 껄껄.”

“예전에 배도빈보다 빈 고전파를 깊게 이해하는 사람은 없다고 말씀하신 바 있습니다. 지금도 마찬가지십니까?”

“그렇지요. 첫 음부터 하나도 놓치지 않을 생각입니다.”

기자들은 기어이 원하는 대답을 듣고서야 사카모토 료이치를 놓아주었다.

“마리 얀스다! 암스테르담의 마리 얀스야!”

카메라 플래시가 쉴 새 없이 터지는 가운데, 선택을 할 수 없었던 기자들은 각자 무리를 지어 음악계 거장, 유명 인사를 상대했다.

그리고.

“맙소사.”

“세상에나……. 카메라! 빨리!”

21세기가 낳은 클래식계의 폭군.

세계 최고의 오케스트라 베를린 필하모닉을 무려 30년간 가까이 독재한 작곡가이자 피아니스트 그리고 위대한 지휘자인 빌헬름 푸르트벵글러가 모습을 드러내면서 기자들은 순식간에 그 앞에 몰려들었다.

"껄껄."

인터뷰를 마치고 극장 안으로 들어가려던 사카모토 료이치가 오랜 친구가 잘츠부르크에 온 것을 보곤 너털웃음을 지었다.

'자네도 어쩔 수 없구만.'

사카모토 료이치는 연주회가 끝나고 푸르트벵글러와 함께 배도빈의 연주를 안주삼아 맥주잔을 기울일 생각을 하며 연주회장으로 들어섰다.

"마에스트로! 오늘의 연주회 참석은 무슨 의미가 있는 것입니까?"

"빈 필하모닉의 연주회에는 18년 만에 처음 오시는 것으로 알고 있습니다!"

기자들의 질문 세례에 푸르트벵글러가 헛기침으로 목을 푼 뒤 대수롭지 않다는 듯 점잖게 말했다.

"우리 악단의 바이올리니스트가 연주회를 한다고 해서 왔을 뿐이오."

그가 언급한 '우리 악단의 바이올리니스트'가 배도빈을 지칭하는 것을 모르는 사람은 아무도 없었다.

공식적으로는 현재도 베를린 필하모닉의 제2바이올린 부수석 자리는 공석이었으며, 베를린 필하모닉 홈페이지에는 객원연주자란 이름과 배도빈의 사진이 게시되어 있었다.

그러나 기자들은 폭군 푸르트벵글러에게 이런 점잖고 감동스러운 스토리를 바라지 않았다.

"칼 에케르트 지휘자에게 대체 무슨 말을 하시려고 오신 겁니까?"

"빈 필하모닉의 연주에 실수가 있다면 어떤 루트로 발언하실 계획이십니까?"

"오늘 하실 말씀은 베를린 필하모닉의 공식 입장입니까?"

기자들이 바라는 것은 베를린 필과 빈 필의 대결 구도.

그도 그럴 것이 베를린 필하모닉과 빈 필하모닉은 지난 수십 년간 세계 최고의 자리를 두고 경쟁했다.

두 악단의 경쟁은 70년대 중반, 30대의 두 '세기의 천재'가 베를린 필과 빈 필의 악장을 맡으면서 시작되었는데.

바로 푸르트벵글러의 베를린 필 악장 시절과 사카모토 료이치의 빈 필 악장 시절이 일치했던 그 시기였다.

'오케스트라의 황금기'라 불리던 그 시절은 지금까지도 회자될 정도로 큰 방향을 이끌었고.

당시의 영향으로 지금도 그 경쟁 관계가 유지되며 두 악단은 발전해 왔다.

"잠깐! 그런 질문은 삼가주세요. 마에스트로는 그저 제자 배도빈 군의 연주회에 개인적으로 참가했을 뿐입니다. 결코 베를린 필의 공식 입장은 아닙니다."

동행한 카밀라 앤더슨은 벌써부터 눈을 부릅뜨고 무례한 질문을 한 기자들에게 호통을 치려는 푸르트벵글러의 호통을 막아내려고 애썼다.

"칼은 내 대학 후배야! 대체 무슨 말을 하러 왔냐고? 자네 어디서 나왔나! 뭐? 빈 필에 실수가 있으면 어쩌고 저째? 내가 평론가들이나 하는 헛짓거리를 할 거라 묻는 건가!"

"아……."

그러나 푸르트벵글러는 화를 참지 못하고 역정을 내버렸고 카밀라는 고개를 숙이곤 손으로 이마를 짚었다.

당연히 기자들의 눈은 더욱 초롱초롱 빛났다.

음악평론가, 음악사 석·박사 등 전문가들이 빌헬름 푸르트벵글러와 사카모토 료이치, 두 거장이 없었더라면 현재의 클래식 음악도 없었을 거라 평할 정도로 베를린과 빈의 관계는 언제나 화제를 이끌었다.

그러했기에 사카모토 료이치가 록 밴드를 하기 위해 빈 필을 떠날 때는 많은 클래식 음악 팬이 그를 애석히 여겼고.

푸르트벵글러가 사카모토 료이치를 '배신자'라고 말하는 것도 그 때문이었는데.

이후.

푸르트벵글러가 베를린 필을 집권하면서부터 언론은 빈 필의 전통성과 푸르트벵글러의 진취적 음악 세계를 비교하였다.

자존심과 자긍심으로 똘똘 뭉친 두 관현악단이 서로에게 가졌던 라이벌 의식을 부추기기에는 아주 안성맞춤이었고.

그렇게 라이벌 의식을 키운 두 단체가 드디어.

빈 필하모닉이라면 이를 갈았던 폭군, 빌헬름 푸르트벵글러가 무려 18년 만에 빈 필하모닉의 연주회를 찾았으니 기자들이 이런 반응을 기대하여 푸르트벵글러를 자극하는 것도 당연한 일이었다.

한편 진 마르코는 어머니를 모시고 대축전극장을 찾았다.

"으아아. 이게 웬일이야? 엄마, 보세요. 저기 푸르트벵글러가 있어요."

"그렇구나. 그런데 정말 괜찮은 거니? 비쌀 텐데……."

"네. 배도빈이 표를 줬어요. 보세요. 자리도 바로 정면이라고요."

"난 네가 헛소리를 하는 줄 알았지."

"엄마도 참. 빨리 가요."

세계의 이목이 집중되는 가운데.

잘츠부르크 페스티벌의 첫 번째 무대를 장식할 배도빈이 모습을 드러냈다.

관중들은 아낌없이 그에게 박수를 보내어 그들이 얼마나 이 무대를 기대하고 있는지 말해주었다.

모차르트 피아노 소나타 11번 A장조, K.331.

모차르트가 작곡할 당시 유행하던 미지의 세계에 대한 동경이 담긴 이 곡은 악장 구성이 다양하게 이루어져 있으며 연주자의 음계 표현이 무엇보다 중요한 곡이었다.

소나타지만 소나타가 아닌 곡.

눈을 감고 있던 배도빈이 건반을 누르기 시작했다.

현대인에게 너무나 익숙한 도입부.

마치 정원에서 담소를 나누듯, 살롱에서 웃음을 나누듯 우아한 멜로디가 아름답게 시작되었다.

조금씩 변형되면서 반복.

이 여섯 번의 변주를 달리 들리게 하는 것은 순전히 연주자의 음악적 감수성과 그 표현력에 달린 문제였기에 청중들은 내심 감탄할 수밖에 없었다.

그 단순한 멜로디를 이토록 절절하게 표현하다니.

집요하게 변형되는 주제는 때로는 조용하게 때로는 발랄하게 또 초조하게 관중의 마음을 희롱했다.

조금씩, 조금씩.

청중들은 배도빈에게 마음을 사로잡히기 시작했다.

베토벤만큼, 아니, 어쩌면 그보다 더 괴팍했던 천재 모차르트가 피아노 앞에서만큼은 그렇게 사랑스러울 수 없다던 누군가의 말처럼 보석 같았다.

아름답게 이어지던 멜로디가 이제 분위기를 달리했다.

시리어스.

화음이 많이 사용된 것도 곡이 빠른 것도 아닌데 그 공백마저 인식할 수 없을 정도로 음계 하나하나가 영혼을 충족시켜주었다.

'괴물 같은 놈.'

가우왕은 배도빈의 연주를 들으며 자신이 아직 그에 미치지 못했음을 실감했다.

피아노를 잘 친다는 것은.

그와 같은 수준에 이른 사람에게는 더 이상 기교를 말하는 것이 아니었다. 아니, 적어도 '정확성'에 있어서는 가우왕이 배도빈보다 나았다.

그러나 그보다 중요한 것이 있었다.

곡을 해석하고 듣는 사람을 얼마나 감동시키는가.

그것이 유일하고 절대적인 기준일 터인데.

배도빈은 학생이라도 연습만 하면 칠 수 있는 수준의 곡으로 사람을 감동시킨다.

그래서 가우왕이 배도빈의 팬이 될 수밖에 없었고 그것은 다른 사람들 역시 마찬가지였다.

단순히 아름답고 우아한 분위기만이 아니라, 곡 사이마다 드러나는 깊은 사색은 '잘한다'라거나 '대단하다'라는 감상보다는 '좋다', '감동이야'라는 반응을 이끌어낸다.

연주는 마침내 피날레에 이르러 템포가 빨라졌다.

쉴 새 없이 춤추는 무용수의 발끝처럼 이어지는 전개.

터키 풍의 열정적인 무대는 과하지 않게 그러나 충분히 잘츠부르크 대축전극장을 채운 사람들의 가슴속에 충분히 스며들었다.

마침내 연주가 마무리되고 배도빈의 손이 건반에서 떨어졌다.

"브라보!"

사람들은 오늘 이 저녁을 행복하게 해준 피아니스트에게 감사와 경의의 박수를 보냈다.

"집사님, 집사님. 들으셨어요?"

"네. 무척 따뜻한 연주였네요."

"그쵸? 집사님도 느끼셨죠? 기분이 너무 좋아요."

최지훈이 그의 집사와 행복하게 이야기를 나눌 때, 그 옆자리에서 진 마르코가 그의 어머니에게 감탄을 늘어놓았다.

"엄마, 전 내일 밥 안 먹어도 배부를 것 같아요."

"엄마도 정말 오랜만에 따뜻해지는구나. 천재라더니 정말 멋진 아이야. 하늘로 올라가는 천사 같은 피아노구나."

"하늘에서 내려온 천재 모차르트. 그 곡을 연주하는 하늘로 올라간 천사 배도빈. 시적인데요?"

모자는 실로 오랜만에 행복을 느끼며 다음 연주를 기다렸다.

♪

배도빈이 무대에서 내려오자 관중들은 방금 연주에 대해 저마다 한마디씩 했다.

"이렇게 멋진 곡인 줄은 몰랐어요."

"그러니까. 자주 듣는 곡인데도 연주자에 따라 이렇게 다를 수 있네."

"역시 배도빈이야."

"프로가 연주하는 건 많이 못 들었는데. 오늘 들어보니 왜 연주하지 않는지 모르겠어."

기자들의 무례한 질문으로 심통이 난 푸르트벵글러의 얼굴도 어느새 활짝 폈다.

"좋은 연주였네요."

아직 감상에 젖은 카밀라 앤더슨이 그의 곁에서 말했다.

그제야 현실로 돌아온 푸르트벵글러는 언제 그랬냐는 듯 다시 근엄한 표정을 지으며 별일 아니라는 듯 대꾸했다.

"저 정도는 해야 내 제자지."

"솔직하지 못하시긴."

카멜라 앤더슨의 말에 푸르트벵글러가 크흠 헛기침을 했다.

"반응이 좋네요."

한편 히무라 역시 기쁜 기색을 감추지 않고 옆자리에 함께 한 사카모토 료이치에게 말을 붙였다.

"껄껄. 그럴 만하지. 하지만 오늘의 메인 이벤트가 남아 있지 않은가."

히무라는 배도빈이 빈 필하모닉과 연습할 때 연주한 베토벤의 카덴차를 떠올렸다.

"네. 베토벤의 카덴차를 준비하더라고요."

"흐음. 글쎄. 어떨지 두고 봐야 할 것 같네."

"네?"

"도빈 군이 빈 필을 어떻게 이용할지 궁금하단 말일세. 모차르트의 피아노 협주곡 D단조에 가장 잘 어울리는 카덴차이긴 하지만…… 나는 뭔가 더 있을 거라 생각하네."

히무라는 사카모토 료이치의 의중을 좀 더 묻고 싶었지만 곧 다음 무대가 시작하려 했기에 그럴 수 없었다.

잘츠부르크 페스티벌의 마지막 날 연주회는 과연 세계 최고의 클래식 음악 축제라는 타이틀에 어울렸다.

배도빈 이후에 무대에 오른 연주자들은 하나같이 명성을 떨치고 있는 사람들이었다.

그들의 음악이 관중들을 즐겁게 할수록 대축전극장을 찾은 사람들은 오늘의 메인 이벤트.

빈 필하모닉과 배도빈의 협연을 더욱 기대할 수밖에 없었다.

그렇게 천천히 분위기가 무르익어 가고, 두 차례의 휴식 시간을 가진 뒤, 드디어 그들이 기다리던 시간이 다가왔다.

대축전극장을 찾은 청중과 생중계를 보고 있는 전 세계 음악 팬들이 집중하는 가운데.

빈 필하모닉이 연주를 시작했다.

너무도 자연스럽게 이어지는, 모차르트의 피아노 협주곡 D단조를 가장 잘 이해했다는 베토벤의 카덴차와 함께.

배도빈과 빈 필하모닉은 환상적인 호흡을 선보여 주었다.

1악장 알레그로. 격렬.

잘츠부르크 영주로부터 부당한 대우를 받았던 젊은 모차르트는 약속된 연주회에서 발표될 곡을 짓는다.

그의 천재성이 차마 인정받기 전, 궁핍했던 시절의 그가 가졌던 고뇌가 고스란히 담긴 1악장.

모차르트를 대표하는 재기발랄함은 찾을 수 없다.

바순이 분위기를 고조시키며 시작한 도입부. 그 뒤를 첼로와 베이스가 천천히 뒤따라 위협하는 와중에 등장하는 피아노 솔로.

베토벤이 남긴 카덴차로 시작한 배도빈의 연주는 청중들을 순식간에 사로잡았다.

그러나.

조금씩 그들의 얼굴에 의아함이 깃들기 시작했다.

♪

1787년, 아직 봄을 맞이하기엔 이른 날.

막시밀리안 프란츠 대주교의 도움으로 마침내 빈에 이르렀다.

위대한 음악가들이 지금도 숨 쉬고 있는 빈.

나는 내 앞에 기다릴 찬란한 미래를 믿어 의심치 않았다. 이곳에서 명성을 떨치리라 다짐하며 매일 밤 지겹지도 않게 요한 밥티스트 크라머와 음악 이야기를 나누었다.

오늘도 어김없이 크라머와 이야기를 나누고 함께 돌아가는 길인데.

문득 어디선가 장중한 선율이 들렸다. 현악기가 과감하게, 구슬픈 가락을 곧이곧대로 들려준다.

어디서 나는 소리일까.

크라머와 함께 무엇에 홀리듯 발을 옮겼다.

그곳에는 찬란히 빛나는 연주회장이 있었고 돈이 없었던 나와 크라머는 조용히 그 건물 옆에 쭈그려 앉아 어렴풋이 들리는 그 작은 소리에 모든 신경을 집중했다.

'아아.'

어찌 이다지도 아름다울 수 있단 말인가.

슬픔이란 감정이 이렇게나 솔직하고도 추하지 않을 수 있다니.

듣는 내내 감탄할 수밖에 없었던 나는 크게 웃으며 말했다.

"하하하! 크라머! 내가 이런 곡을 쓸 수 있을까?"

"자네라면 가능하지."

글쎄.

이보다 가슴 설레는 곡을 만들 수 있을까.

연주회장 앞에 놓인 대자보를 본 뒤 발을 재촉했다.

도저히 가만있을 수 없었다.

볼프강 아마데 모차르트 연주회

피아노 협주곡 D단조

♪

빈 필하모닉이 예전을 바란다면.

그렇게 어울려 줄 생각이다.

추억을 향수하기에 이보다 좋은 환경은 없으니 말이다.

그 방법에 대해 고민해 봤는데 역시 예전의 내 스타일대로 하는 것이 옳다고 생각했다.

나 루트비히가 곧 고전이니.

빈 필과 청중들에게 당시의 내가 어떤 연주를 했는지 이번 기회에 제대로 들려줄 생각이다.

지금까지는 억눌러 왔던 게 있었으니까.

하나는 묘하게도 현대에는 즉흥 연주가 거의 없다는 것에 대한 의문인데, 그 때문에 나 역시 즉흥 연주를 자제해 왔다.

베를린 필과 협연을 할 때는 공연 시간이 정해져 있었고 또 푸르트벵글러의 뜻을 반영했어야 했으니까.

두 번째 앨범을 작업했을 때 정도만이 내 특기 중 하나인 즉흥 연주를 뽐냈다.

둘은 지금의 연주자들이 감정 표현을 얼굴과 동작으로 하는 것에 의아함을 가진 것.

현대는 이상하게도 그렇게 외적으로 보이는 것에 치중하는 것 같은데, 눈을 현혹할수록 청중들의 귀는 막히게 마련이다.

음악으로 사람의 감정을 뒤흔들어 놓으려면 이렇게 지금 내 감정을 그대로 전달해야 한다.

셋은 묘하게 점잔을 떠는 모습.

내 음악은 울고 웃으라고 존재하는 것이지 얌전 떨며 박수나 치라고 하는 게 아니다.

오늘은 나를 위한 무대.

빈이여, 노래하라.

♪

이것은 폭력이다.

사카모토 료이치는 미칠 듯이 빨라지기 시작하는 배도빈의 연주를 들으며 생각했다.

베토벤의 카덴차를 그대로 연주할 거라고는 생각하지 않았지만 설마하니 이런 속도로, 게다가 벌써 정상적이라면 끝나고도 남을 시간인데 아직도, 즉흥해서 연주를 이어나갈 줄은 몰랐다.

다른 연주자들의 비해 2배는 될까?

마치 고장 난 메트로놈을 두고 연주하는 것처럼 급격히 빨라진 배도빈의 연주는.

가슴을 때리는 듯했다.

빈 필하모닉 연주자들의 얼굴을 보면 그들도 놀란 듯.

분명 배도빈이 독단으로, 즉흥해서 판단한 거란 생각이 들었다.

그런데 묘하게.

점차 그러한 생각을 이어나갈 수 없게 되었다.

영혼과 가슴을 때리는 듯한, 마치 고뇌에 찼던 모차르트가 비명을 지르는 듯한 연주에 그저 넋을 잃을 뿐이었다.

배도빈의 독주 파트가 끝나고 곧장 빈 필이 연주를 이어간 것은 기적이었다.

뛰어난 지휘자 칼이 아니었더라면 빈 필하모닉은 연주를 이어나가야 하는지도 몰랐을 거라 생각했다.

그렇게 1악장이 끝나고.

잘츠부르크 페스티벌의 특징대로 중간에 시간을 두지 않고 곧장 2악장이 시작되었다.

아직 그 폭력적인 연주의 충격에서 벗어나지 못한 청중들은 우아한 느낌의 2악장을 받아들이며 그제야 자신들이 무슨 일을 당했는지 이해할 수 있었다.

그러나 3악장.

론도, 알레그로 아사이(allegro assai: 매우 빠르게 연주).

피아노 독주로 시작되는 3악장은 1악장의 충격은 그저 예고였다는 듯이 저돌적으로 달려들었다.

절규.

매우 빠르게 연주한다는 표기가 무색할 정도로 너무도 빠른 연주.

마치 베토벤의 시대 연주를 하려는 여러 사람의 노력을 비웃기라도 하듯, 배도빈의 타건은 너무나도 빨랐다.

그런 주제에 베토벤이 남긴 카덴차를 즉흥해서 늘이고 반복하고 변형시키며 그 처절함을 더욱 강조했다.

아니, 각인했다.

사카모토 료이치와 빌헬름 푸르트벵글러를 포함한 음악가들이 배도빈을 괴물로 여긴 순간이었다.

상식 밖의 속도로 연주를 하는데, 악보가 있는 것처럼 보이지도 않고. 그럼에도 건반을 누르는 속도와 깊이마저 조율하는 모습에 감탄하고 말았다.

다른 해석 따윈 용납하지 않는다.

그저 듣고 감동하라는 그 폭력.

과연 악마(루시퍼)라 불리는 배도빈다운 연주였다.

'세상에나.'

한편 지휘를 맡은 칼 에케르트는 배도빈의 격렬한 독주 때문에 빈 필을 어떻게 지휘해야 좋을지 알 수 없었다.

그러나 그 노련함은 근거 없이 쌓은 것이 아님을 증명하듯, 그는 곧장 배도빈의 템포를 최대한 따라가도록 빈 필을 지휘했다.

그럴수록 죽어나가는 것은 오보에 연주자들이었다.

그러지 않아도 오보에는 빠르게 연주하는 것은 극도로 어려운 일인데 특히 빈 오보에는 금속 키가 덜 붙어 있어 일일이 손가락으로 막아야 했기 때문이다.

더욱이 템포가 이렇게나 빨라지면 자연스럽게 일정량을 숨을 참으며 조금씩 내뱉어야 하는 그들도 호흡 조절을 하기 힘들어지며.

그러한 상황은.

자연스레 배도빈이 바라는 효과를 이끌어내기 시작했다.

텅잉(호흡을 끊어 연주하는 방법)이 어려운 상태에서 연주가 극한의 속도로 치닫자 자연스레 무리가 생긴 오보이스트들이 숨을 빠르게 내뱉게 되었는데.

그 덕분에 빈 오보에의 신경질적인 소리가 배도빈의 격렬한 연주와 함께 묘하게 어울리게 된 것이다.

'이것은…….'

그것을 폭군 푸르트벵글러가 놓칠 리 없었다.

배도빈의 빠른 연주가 빈 필하모닉의 연주 균형을 무너뜨렸고, 무리한 오보이스트들마저 호흡을 빠르게 내뱉게 되면서 생긴 날카로운 소리.

그러나 그 신경질적인 소리가 평소와 같은 음량이었다면 지금쯤 청중들은 귀를 막고 싶어졌을 것이다.

저들의 연주가 지금 감동을 줄 수 있는 것은 바람을 내뿜는 속도가 빨라질수록 오보에의 음량이 줄어드는 특징 덕분.

'설마.'

배도빈이 이런 것까지 계산했을까.

푸르트벵글러는 그렇게 믿고 싶지 않았다. 그저 저 괴물 같은 피아노 연주 실력만을 믿고 싶었다.

그러지 않으면.

정말 신이나 악마를 본 듯한 기분을 떨칠 수 없을 것 같았다.

마침내 연주가 끝나고.

대축전극장은 박수도 환호도 잊은 채 고요했다.

지휘자 칼 에케르트가 독주자 배도빈을 앞세운 뒤 한 발 물러났을 때야 해일과 같이 함성이 터져 나왔다.

"브라보!"

"브라보!"

잘츠부르크 페스티벌 폐막일에 빈 필하모닉과 협연한 배도빈은 또 한 번 증명해 냈다.

왜 전 세계가 그에게 빠져 있는지를 잘츠부르크 대축전극장에서 세계 최고의 오케스트라마저 자신의 악기로 활용하는 것으로 보여준 것이다.

[내 생애 가장 충격적인 경험이었다.]

-칼 에케르트

[그는 피아노의 신이자 악마다. 나는 그날의 충격을 죽는 날까지 잊지 못할 것이다.]

-가우왕

[논하는 게 무의미하다.]

-빌헬름 푸르트벵글러

[압도당할 수밖에 없었던 연주였다. 나는 그저 그의 음악을 얌전히 받아들일 수밖에 없었다.]

-마리 얀스

[빈 필하모닉이 배도빈을 만남으로써 진정한 시대 연주를 한 것 같다.]

-사카모토 료이치

· 31악장 ·
10살, 부러진 의자

클래식 음악계의 내로라하는 거장들의 연이은 감상평이 신문, TV 인터뷰, SNS 등을 통해 공개되었다.

배도빈의 연주를 직접 듣거나 중계를 통해 접했던 클래식 음악 팬들은 그 감상에 공감하기도, 자신만의 해석을 내기도 하였고.

잘츠부르크 페스티벌 폐막일의 빈 필하모닉과 배도빈 만남은 벌써 며칠째 회자되었다.

ㄴ몇 번을 반복해 듣는지 모르겠다ㅠㅠ 이 영상만 틀면 다른 걸 못 하겠음ㅠㅠ

ㄴ진짜 개소름.

ㄴ진짜 졸라 어이없는 게 연주 속도가 넘사벽인데 연주 시간은 훨씬 김ㅋㅋㅋㅋ 이게 즉흥 연주라는 거 나만 이해 못 하는 건갘ㅋㅋ

ㄴㄴㄴ 전문가들도 이해 못 함. 배도빈 3악장 첫 독주 때 양손으로 각각 16분음표를 10분 가까이 다뤘음. 이해하는 게 비정상임.

ㄴ나중에 나온 악보 보고 16분음표라 하는 거 같은데 음표만 말하는 걸론 빠르기 표현이 안 됨.

ㄴㅇㅇ?

ㄴ윗댓 말이 맞음. 정확히는 3악장 독주 때는 한 손으로 1초에 16개 노트를 연주했음. 노인간임.

ㄴ엉엉 도빈아 날 가져ㅠㅠ

ㄴ그 와중에 완급조절도 완벽한 게 신기하다. 음도 뭉개지지 않고. 나중에 악보로 나온 거 봤는데 거의 대부분이 피아니시모던데 배도빈 손가락이 좀 걱정되네.

ㄴ아니 ㅁㅊ 애초에 사람이 아냐.

ㄴ그러게. 연주 때문에 생각 못 했는데 어릴 때부터 저렇게 무리하면 손 망가질 텐데.

ㄴ님들 그런 말 마셈. 그런 말이 씨가 되는 거임.

ㄴ선비님 집현전은 저쪽입니다.

ㄴ근데 솔직히 어지간히 단련되지 않으면 저판 속도로 연주하는 게 말이 안 됨. 배도빈처럼 어린 몸으로 벌써부터 저런 연주 계속하면 진짜 몸이 못 따라간다니까? 보호 차원에서라도 저런 연주는 좀 자제해

야 하는 게 맞음.

ㄴ샛별 엔터테인먼트가 신생 업체라서 배도빈 관리가 좀 잘 안 되는 것 같긴 함. 이것저것 노력하는 것 같긴 한데.

ㄴㄴㄴ 히무라 쇼우 일본에서는 레전드임. 애초에 배도빈만 관리하려고 세운 회사라서 그런 걱정은 안 해도 될 듯.

ㄴ빼액!!! 왜 한국에선 안 연주요?

ㄴ당장 이번 달에 한국에서 연주하는데 뭔 소리야.

연주회 이후 폭발적인 반응이 이어지면서 조금씩 배도빈의 손을 걱정하는 사람들이 늘어났다.

상식 밖의 연주를 들을 수 있어 그들의 귀와 가슴은 즐거웠으나 혹시나 어린 천재의 몸이 망가질까 우려했다.

그것은 히무라 쇼우를 포함한 배도빈 주변의 여러 사람들도 마찬가지였는데, 실제로 배도빈이 손가락에 통증을 느끼고 있었다.

히무라 쇼우는 급히 현지 병원을 찾았다.

다행히 담당 의사는 현재로서는 큰 문제가 없다고 진료했다.

다만 어린 손에 큰 충격이 지속되면 손가락에 문제가 생길 소지가 있으니 정기적으로 검사를 받고 또 뼈와 관절, 인대의 성장이 다 되기 전에는 무리하지 않을 것을 권했다.

유진희와 배영준, 히무라는 안도의 한숨을 내쉴 수 있었다.

병원에서 나온 유진희가 그녀의 아들에게 물었다.

"도빈아, 정말 괜찮아?"

"네. 괜찮아요."

이제 곧 가족이 떨어져야 하기에 유진희는 특히나 걱정이 더 되었다. 어린 아들과 떨어지는 게 맞는지 자꾸만 다시 생각하게 되었다.

그러나 배도빈은 마치 그런 부모의 마음을 알고 있기라도 하듯, 유진희가 무엇인가를 말하기도 전에 입을 뗐다.

"방학 때 놀러 갈게요."

"……할아버지 말씀 잘 들어야 한다?"

"네."

유진희는 몸은 비록 어리지만 누구보다도 어른스러운 아들이 가족의 약속을 지키자고 돌려 말했음을 눈치챘다.

그렇게 배도빈이 긴 오스트리아 여행을 마치고 귀국했다.

한국으로 돌아오고 며칠간은 너무도 바빴다.

우리 집에서 혼자 지내고 싶었는데 어머니께서 할아버지에게 단단히 일러둔 듯하다.

할아버지는 이미 저택에 내 방을 마련해 두셨고 어쩔 수 없이 거기서 머물 수밖에 없었다.

"방은 마음에 드느냐?"

"우리 집 방이 더 좋아요."

"그럼 할아버지랑 그 집에서 살까?"

할아버지와 함께 있으면 커피나 와인을 못 마시게 할 게 뻔하기 때문에 그러면 아무 소용없다.

"……그냥 여기 있을게요."

그래도 할아버지는 훌륭한 음악가들이 남긴 음반 그리고 그것을 감상하기에 적합한 환경을 조성해 주셨다.

디퓨저(Diffuser: 음향 렌즈. 벽에 반사된 소리가 변질되는 것을 막아주는 역할을 한다)라든지 '3508'이라는 이상한 이름의 스피커라든지 확실히 음악을 즐기기에는 더없이 훌륭한 환경이었다.

"저녁때가 되었군. 도빈아, 뭘 먹고 싶으냐."

"카레요."

"카레?"

고개를 끄덕이자 할아버지가 웃으며 최고의 카레를 먹여주겠다고 호언장담하셨다.

며칠 뒤, 채은이를 보러 왔다.

"어머, 도빈이 한국에 왔구나?"

"안녕하세요."

"그래. 들어와. 채은아, 도빈이 오빠 왔어."

"……."

오랜만에 보는 채은이가 문 옆에서 나를 보더니 슥 하고 안으로 들어갔다.

당연히 뛰어올 거라 생각했기에 조금 당황했다.

"도빈이를 얼마나 보고 싶어 한지 몰라. 조금 부끄러워서 그런가 봐."

그게 아니라 화난 거 같은데.

"자, 들어가서 같이 놀아. 아줌마가 간식 가져다줄게."

"감사합니다."

채은이는 또다시 악보 보는 법을 잊었으며 심지어 피아노 실력은 전보다 훨씬 못해졌다.

같이 피아노를 치자고 해도 잔뜩 심통이 나서 어떻게 달래줄까 고민하다가 초콜릿을 주니 '싫어!'라고 거들떠보지도 않았다.

일 년 전만 해도 초콜릿을 주면 좋다고 받아먹었는데 이제는 통하지 않는 듯.

어떻게 하면 피아노를 다시 연주하게 할까 고민하면서 몇 번 찾아가자 자연스레 예전처럼 다시 어울리게 되었다.

그렇게 일상으로 돌아오는 과정에서 9월이 다가왔고 방학이 끝났다.

개학을 했기에 학교도 다녀야 했는데 여전히 하품이 나오는 내용뿐이라 지루하던 차.

가우왕에게서 전화가 왔다.

연주회 일정에 대해 물은 적 있었는데 아마 그에 대한 대답을 들려줄 거라 생각하며 받았다.

"어떻게 됐어요?"

-10월은 힘들 것 같아. 회사에서 투어를 잡았는데 중간에 일정을 뺄 수 없다고 하네.

"투어?"

-베이징에서 도쿄, LA, 뉴욕, 런던, 베를린 그리고 상해로 가야 해.

잘은 모르겠지만 전 세계를 한 바퀴 돈다는 말 같은데 한 달 일정으로는 턱없는 스케줄이다.

"그렇게나 많이 다녀요?"

-어쩌겠어. 팬들이 있는데. 사실 나도 투어는 별로 안 좋아해. 컨디션이 안 좋을 수밖에 없어서 연주회 질이 낮아질 수밖에 없거든.

"그러면 하지 말고 저랑 서울에서 해요."

-위약금이 어마어마할걸?

"쫌생이."

-쫌생이? 뭔 말인지 몰라도 욕 같은데.

"칭찬이에요. 알겠어요."

가우왕에게 투어 연주회를 잘하라고 말해준 뒤 통화를 마쳤다.

'홍승일에게 말해야 하나.'

10월 초에 예정된 '두 대의 피아노를 위한 협주곡' 연주회에 가우왕이 참가할 수 없게 되었으니 남은 선택지는 홍승일인데.

그닥 마음에 들지는 않았지만 그의 실력만큼은 나도 인정하는 터라 피아노부 활동이 끝나고 그에게 넌지시 물어보았다.

"그래서, 어떻게 생각해요?"

"끌끌. 그렇게 이 스승하고 함께 연주하고 싶었냐?"

"누가 스승이라는 거예요."

"나지! 피아노부 강사 아니더냐!"

그렇게 말하면 할 말이 없다.

"……아무튼 그렇게까지 바라는 건 아닌데."

"뭐?"

잘츠부르크 페스티벌에서 연주자들이 자유롭게 공연을 하는 걸 보면서 연주회를 열고 싶었기에 어쩔 수 없이 한 번 접어주었다.

'두 대의 피아노를 위한 협주곡'은 내가 만든 곡 중에서 가장 애착이 가는, 새로운 시도를 했던 곡이니까.

"아니에요."

"그래서. 해달라는 거야 말라는 거야?"

"해주세요."

"흐음."

홍승일이 고민을 하다가 결국 고개를 끄덕였다.

"좋다. 제자가 이렇게나 바라니 도와줘야겠지. 그래, 내일부터 당장 맞춰보자."

평소 같았으면 당장 시작하자고 했을 텐데.

조금 의외지만 홍승일도 준비할 시간이 필요할 거라 생각하며 할아버지 집으로 돌아갔다.

"다녀왔습니다."

"어이구, 내 새끼. 고생했다."

함께 살기 시작하면서 외할아버지는 내가 알고 있던 인상과 상당히 달라졌다.

어머니나 아버지 그리고 EI그룹의 직원들에게는 그렇게 근엄하면서 나만 보면 조금 과하다 싶을 정도로 다정해지니 조금은 어색하기도 하다.

"그래. 오늘은 뭐 먹고 싶으냐."

"치킨 카레요."

"……또?"

고개를 끄덕이자 할아버지가 조금 난감한 표정을 지으셨다.

잠시 뒤 씻고 나오자 카레의 깊은 풍미가 코를 자극했다. 식탁으로 가 할아버지와 마주 앉았다.

이 자극적이고 완벽한 맛을 매일매일 최고급 재료로 즐길 수 있다니.

음향기기라든가 다른 환경을 생각해 보면 할아버지와 사는 것도 꽤 즐거운 일이다.

"오늘 학교에서는 뭘 배웠느냐."

"구구단을 배웠어요. 아, 할아버지 혹시 10월 초에 시간 되시면 연주회에 와주세요."

"그래. 추석에는 힘들겠지만 그때는 꼭 가마. 피아노 연주회냐?"

"네. 홍승일 할아버지랑 같이 할 거예요."

"음?"

할아버지께서 턱을 쓸어 만지시더니 의아하게 물으셨다.

"독주를 더 좋아하는 줄 알았는데. 같이하는 이유라도 있느냐?"

"이번 연주회에선 두 번째 앨범 곡만 하려고요. 피아노 두 대를 동시에 연주해야 하는데 녹음을 했던 사람이 바쁘대요."

"누구. 가우왕인지 뭔지 하는 놈 말이냐?"

"네. 그 뭔지 하는 놈이에요."

그렇게 일상적인 대화를 하는데 할아버지의 그릇이 그대로였다.

"안 드세요?"

"음?"

할아버지의 그릇을 보자 할아버지는 헛기침을 하며 말을 돌렸다.

"크흠. 아, 친구와 손자가 함께 연주회를 열다니. 기대되는구나. 실은 할아버지도 승일이 할아버지 못 만난 지 오래되었거든."

"바빠서요?"

"바쁘기도 했지. 도빈아, 내일은 할아버지랑 같이 외출할까? 도빈이가 좋아하는 거면 다 사 주마. 나간 김에 맛있는 식당도 가고."

좋아하는 거라.

"그럼 커피 사 주세요."

"커피? 무슨 커피 말이냐."

"볶은 원두랑 그라인더도요. 갈아서 커피를 내려서 먹을 수 있게요."

"위험하기도 하고 아직 커피를 마실 나이는 아닌데."

"그럼 전 안 마시고 할아버지 타 드릴게요."

"흐음. 가지고 싶다면 가져야지. 그래, 손주가 타 주는 커피 한번 먹어보자."

일단 사기만 하면 내가 커피를 마시는지 안 마시는지 어떻게 알까.

첫 번째 노림수가 통했다.

♪

저 멀리 유럽.

음악이 가장 화려하게 꽃 피웠던 곳에서 펼쳐진 배도빈의 연주를 듣고는 주먹을 쥐었다.

'녀석.'

직접 듣지 못한 것이 죽기 전 마지막 아쉬움이 될까.

신에게 받은 재능을 유감없이 펼친 녀석은 비로소 자신이 어떤 음악을 해야 하는지 깨달은 듯했다.

부활.

녀석의 첫 번째 곡을 들었을 때는 그야말로 음악의 신이 태어났다고 생각할 수밖에 없었다.

마치 오랜 시간 억압되어 있던 듯, 4살 먹은 아기의 것이라고는 상상할 수 없을 정도로 치열했던 피아노 3중주.

그 이후 발표한 곡 역시 음악사에 길이 남아, 천 년 뒤에도 연주될 거라 생각하지만 나는 지금도 배도빈의 베스트를 꼽자면 초기, 그중에서도 부활이 최고라 장담한다.

그 곡은 이 시대에 클래식이란 무엇인가에 대한 질문을 던진 듯했다.

동시에 답을 주기도 했다.

21세기의 클래식 음악이 잃었던 모습에 대해 너무나도 직관적으로 잘 알려주었다.

잘츠부르크 페스티벌 폐막일에 맞춰 연주했던 녀석의 즉흥곡은.

바로 그때 느꼈던 감성을 다시금 불러일으켰다.

이것이다.

이것이 배도빈의 진짜 모습이다.

그런 생각을 하자 그간 배도빈에 대해 잘못 판단하고 있었음을 인정할 수밖에 없었다.

오랜 친구의 손자는 본래 위대했던 자신의 재능을 잃어가는 것이 아니었다. 본래의 음악성을 잊은 게 아니었다.

녀석이 음악을 경험할수록 점차 본래 가지고 있었던 '클래식함'을 잃는 것은 아닌지 우려했거늘.

기우에 불과했던 것이다.

기어이 녀석은 '두 대의 피아노를 위한 협주곡'을 통해 자신의 옛 모습, 그러나 전보다 더욱 뛰어난 표현력을 갖춘 채 본연의 모습으로 돌아왔으며.

빈 필하모닉과의 협연에서 마침내 완전한 자신의 모습을 찾은 듯했다.

이 얼마나 기쁜 일인가.

이제야 한 시대를 종결한 음악가가 자신이 나아갈 방향에 대해 인지했으니 음악은 다음 단계로 나아갈 기반을 마련한 것이다.

그것이 그 어린, 아홉 살 아이의 손으로부터 시작했으니.

나는 더 이상 바랄 것이 없다.

……아니.

이 얼마나 원통한 일인가.

이 부질없는 신체가 바스러질 날이 얼마 남지 않았건만.

찬란히 빛나는 미래를 함께하지 못한다는 것은, 피아니스트로서 너무나 애석한 일이다.

어릴 적 나를 설레게 해주었던 모차르트, 베토벤, 쇼팽 그리고 드뷔시.

이제 다시 배도빈.

위대한 음악가와 한 시대를 함께하지 못한다고 생각하니, 그의 음악을 들을 날이 얼마 남지 않았다고 생각하니 이 찬 공기의 새벽마저.

천천히 밝아오는 저 동쪽의 태양마저 원망스럽다.

며칠 뒤.

"아버님, 이제 학교는……."

"네, 아버지. 뭔가 하고 싶으신 게 있으시면 같이해요."

한 달 전 쓰러지는 바람에 내 몸 상태에 대해 알게 된 아들 부부가 출근길을 말렸다.

“그럼 주희 데리고 여행이나 가자꾸나. 가까운 곳으로.”

“네. 그렇게 해요.”

석 달.

남은 시간이 얼마 없었기에 가족과 함께하는 것도 생각했지만 성장한 배도빈을 마지막까지 눈에 담고 싶다는 것은 욕심일까.

그렇게 아들 녀석이 모는 차를 타고 피아노 부실로 향했더니, 기특한 녀석이 왔다.

크게 달라진 것은 없지만 여전히 틱틱대면서도 피아노를 연주하는데, 그 소리에 집중하고 있으면 마음이 편안해졌다.

“선생님, 선생님.”

“음?”

한 아이가 부르기에 눈을 뜨니 녀석이 울먹이면서 나를 올려다보고 있다.

“무슨 일이냐. 왜 울어?”

“의자가 부러졌어요.”

아이가 가리킨 곳을 보자 피아노 의자가 부러져 있었다.

낡은 것도 아닌데 어떻게 부러진 건지 알 길이 없다만 우선은 아이가 괜찮은지 확인했다.

“이런. 어디 좀 보자.”

아이를 살펴보니 다행히 다친 곳은 없는데 갑자기 넘어진 바람에 놀란 듯했다.

"아픈 곳은 없고?"

금방이라도 눈물을 뚝뚝 떨어뜨릴 것 같은 아이가 고개를 끄덕인다.

"그래. 오늘은 이만하고 돌아가자."

"네."

노을이 질 무렵 정리를 하고 있는데 배도빈이 다가왔다.

"연주회 일정 나왔어요. 10월 4일이에요."

"오, 그래? 구성은?"

"두 대의 피아노를 위한 협주곡에서 뽑으려고요."

단순히 알려주는 것이 아닌 것 같다. 녀석이 뭔가 하고 싶은 말이 있는 것 같아서 물었다.

"무슨 문제라도 있냐?"

"함께 녹음했던 가우왕이랑 못 하게 되었어요."

그건 애석하게 되었다.

배도빈과의 경연 이후 가우왕의 연주는 무척 질감이 좋아졌는데, 그것은 '두 대의 피아노를 위한 협주곡'에서도 잘 드러났으니까.

너무도 잘 어울리는 한 쌍인데 한 명이 빠진다니 배도빈도 아깝게 생각하는 것 같다.

"히무라는 할아버지가 가장 잘해주실 거라 했어요."

히무라 쇼우라면 일본의 유명 프로듀서. 이 아이가 소속된 기획사의 대표인데, 확실히 보는 눈은 있는 듯하다.

"그래서, 어떻게 생각해요?"

솔직하지 못하긴.

"끌끌. 그렇게 이 스승하고 함께 연주하고 싶었냐?"

웃으며 말하니 녀석이 인상을 쓰며 싫은 티를 냈다.

"그건 아닌데."

배도빈은 잠시 고민하는 듯했다.

"그래서. 해달라는 거야 말라는 거야?"

"해주세요."

이렇게 기쁠 수 있을까.

앞으로 음악을 새롭게 이끌 천재와의 협연이라니.

생에 마지막.

이 늙은 내가 그와 함께할 수 있다니, 기쁘기 그지없는 최고의 선물이다.

"좋다. 제자가 이렇게나 바라니 도와줘야겠지. 그래, 내일부터 당장 맞춰보자."

도빈이를 돌려보낸 뒤 마지막으로 부실을 점검하고 돌아가려 할 때.

부러진 의자가 눈에 띄었다.

'저기에 두면 애들이 다치지.'

그것을 들어다 한쪽에 옮겨 놓으려 하는데, 무슨 기분일까.

다리 하나만 바꿔 끼우면 다시 제 몫을 할 수 있을 텐데.

어떤 변덕인지는 모르겠지만 겉보기에는 멀쩡한 이 의자가 안쓰러웠다.

'주책이군.'

살날이 얼마 남지 않았기 때문일까.

자주 감상적이게 되는 것 같다.

다음 날 곧장 홍승일과 연주회 준비하기 시작했다.

여러 번 반복해 들었던 것을 증명이라도 하듯, 그만의 독특한 음색은 '태풍'과 '소나기'를 잘 표현했다.

가우왕과는 또 다른 느낌이다.

'무슨 일 있나?'

그러나 그의 피아노가 묵직하게 가슴을 울림에도 평소의 힘 있는 연주가 아니다.

협주를 마치고 걱정스레 물었다.

"어디 아파요?"

홍승일이 버럭 소리쳤다.

"아프긴! 자, 빨리 다시 한번 가자. 시간이 아까워."

또또 저런다.

걱정되어 물었더니 도리어 화를 내는데, 분명 뭔가 있을 거라 생각했다.

"그게 아니라."

거기까지 말한 나는 입을 다물 수밖에 없었다.

땀을 뻘뻘 흘리며 다시 연주를 시작한 홍승일은 한 음, 한 음을 너무도 힘겹게 누르고 있었다.

저렇게까지 하는데, 평소보다 힘이 없다니.

그가 너무나 처절해 보여 연습을 그만하고 오늘은 쉬자는 말을 하지 못했다.

저녁.

할아버지와 함께 외식을 하는데, 오랜만에 입맛이 도시는지 평소보다 식사를 잘하신다.

건강한 모습을 보니 다행이라 생각하면서 연근 조림을 하나 집어 먹었다.

"그러고 보니 반찬 투정을 안 하는구나."

"맛있으니까요."

"하하. 할아버지랑 입맛이 맞아 다행이야. 종종 오자꾸나."

나물을 된장에 무친 것도, 우엉조림도 무말랭이도, 냉이라는 걸 넣어 끓인 된장찌개도 모두 훌륭하다.

속이 편안해지는 게 우리나라의 음식은 몸에 친근한 느낌이다.

할아버지가 한식을 좋아하는 걸 보면 이런 걸 드셔서 건강하신가 싶기도 하다.

밥값이 엄청 비싸다는 것이 문제지만 말이다.

"아."

"음? 왜 그러느냐."

"홍승일 할아버지 몸이 안 좋은 것 같아요."

"그래? 평생 감기 한 번 걸린 적 없는데. 늙더니 골골대는 모양이구나."

늙으면 몸 이곳저곳이 망가지기는 하지만 그런 느낌은 아닌 것 같아 대수롭지 않게 여긴 할아버지에게 다시 한번 말했다.

"그런 게 아니라 정말 힘들어하더라고요. 오늘 연주회 연습했는데 평소랑 좀 달랐어요. 땀도 너무 많이 흘리고."

"흐음. 젊을 때 몸을 그리 막 굴리더니. 쯧쯧. 할아버지가 좋은 약 지어서 보내주마."

그렇게 답한 할아버지는 실장이란 사람에게 전화를 걸어 보약이란 것을 짓도록 말했고, 조만간 홍승일에게 갈 테니 시간을 잡아 두라 일렀다.

집에 돌아온 뒤.

모처럼 얻은 커피 머신과 커피를 요리사에게 빼앗겨 우울하게 방으로 들어왔다.

이 슬픔을 위로하기 위해 쇼팽의 야상곡을 틀어놓곤 바이올린으로 적당히 어울렸다.

'추석에는 뭘 연주하지.'

10월 연주회만 생각하고 있어서 한지석 협회장과 약속한 추석 공연에는 무엇을 연주할까 고민해 본 적이 없다.

피아노도 좋고 바이올린도 좋은데 뭔가 기왕이면 좀 더 그 자리에 어울리는 곡을 선정하고 싶기도 하다.

드르르르- 드르르르-

그렇게 고민하며 바이올린을 켜고 있는데 핸드폰 진동이 울렸다. 확인해 보니 최지훈이다.

전화를 받았다.

"왜?"

-완전! 완전 큰일이야!

최지훈이 호들갑을 떨면 보통 큰일이 아니다. 뭔가 또 별 관심 없는 이야기를 할 게 뻔해서 침대에 누운 채 녀석의 말을 기다렸다.

-지, 지, 지, 진정하고 들어야 해?

"너야말로 진정 좀 해."

-에드가 드 체르민이 죽었대.

"……그게 누군데."

-에드가 드 체르민을 몰라? 엄청! 어어엄청 유명한 영화감

독이잖아.

들어본 적 없는 사람이다.

-아, 아무튼 그분이 돌아가시기 전에 재단을 하나 만드셨는데 모차르트의 어렸을 적을 그린 영화의 대본을 완성하셨대. 엄청난 대작인가 봐.

"근데?"

-그 영화 오디션을 보는데 실제 어린 음악가를 뽑는다는 거야!

최지훈이 무슨 말을 하는지 모르겠다. 가만히 있으니까 드디어 본론을 꺼낸다.

-도빈이 네가 나가면 딱이잖아! 아니, 다른 사람은 생각할 수 없어. 이건 네 일이라구! 천재면서 독일어도 잘하잖아! 아, 영어로 하려나. 여, 영어도 어떻게 하면 금방 될 거야!

어떻게 하면 금방 될 거라니.

"난 음악가지 배우가 아니야."

-……응.

"그리고 모차르트도 아니야."

그의 그림자에서 벗어난 지 꽤 되었건만 그 천재는 여전히 내 곁에 있다.

가끔 인터넷에 올라오는 '모차르트가 다시 태어난 거 아냐?'라는 말 같지도 않은 말을 보면서도 느꼈지만, 어릴 때도. 지금의 어릴 때도 항상 내 곁에 따라붙는 이름.

그런 것을 나 스스로 뒤집어쓸 생각은 추호도 없다.

-미안. 다들 네가 배역이 되면 좋을 거라 하고 나도 그렇게 생각해서 말해버렸어.

"신경 꺼. 요즘엔 뭐 해? 음악의 전당 아카데미는 재밌어?"

-히힛. 사실 선생님들한테 매일 칭찬받아. 오늘은 드뷔시를 처음 배웠는데 엄청 어렵더라.

"자, 자네 이렇게 될 지경까지 왜 한마디 말도 없었나!"

"킬킬. 뭐, 말하면 고쳐주기라도 했으려고?"

유장혁 회장은 홍승일의 몸 상태에 대해 전해 듣곤 깜짝 놀라고 말았다.

고령이긴 해도 평생 잔병치레 하나 없었던 친구가 이토록 몸이 망가졌을 거라고는 생각지 못했다.

많은 사람을 떠나보낸 유장혁에게도 홍승일의 소식은 당황스러웠다.

"그걸 지금 말이라고 하는 게야!"

크게 호통을 친 유장혁을 보며 홍승일이 정말 환히 웃었다.

"이미 해볼 일은 다 했어. 좀 더 일찍 말하지 않아 미안하이. 거, 표정 좀 풀어."

유장혁은 눈을 질끈 감고 한숨을 내쉬며 의자에 앉았다.

이렇게나 슬퍼해 주는 친구를 두어 홍승일은 담담한 와중에도 아쉬움이 남았다.

그러나 친구 앞에서 삶에 대한 미련을 말할 수는 없었다.

유장혁이 더욱 슬퍼할 것이 뻔하기 때문이었다.

"유장혁이 너한테는 정말 고마워."

유장혁은 고개를 저었다.

"도빈이랑 같이 피아노를 치는 게 얼마나 즐거운 일인 줄 아나? 아니, 자네는 모를 거야. 그 녀석의 음악은 정말. 정말 최고지."

"……얼마나 남았다고 하나."

"거 너는 몸도 멀쩡하면서 손주 녀석 연주회에는 왜 안 간 거야? 어? 그 아까운 기회를 놓치다니. 너무 돈, 돈 하다가 즐길 거 못 누리니 이제 적당히 좀 해."

"얼마나 남았냐고 묻잖아!"

유장혁이 다시 한번 물었다.

슬퍼하는 친구를 보며 홍승일이 입을 열었다.

"올해는 넘기기 어려울 것 같더군. 그런데 의사들 말을 믿을 수가 있어야지. 킬킬."

말을 잃은 유장혁을 향해 홍승일이 평소의 경박한 말투가 아닌, 진실된 어조로 부탁했다.

"도빈이에겐 부디 비밀로 해주게."

"그건 또 무슨."

"그 아이와 협연하는 게 내 마지막 소원이야. 부디, 부디 허락해 주게."

"……."

"잘 알지 않나. 나 막무가내고 제멋대로인 거. 가는 길에 마지막 억지 한번 부리겠네."

유장혁 회장은 차오르는 슬픔을 한숨을 길게 내쉬는 것만으로 달랬다.

전화로 난리부르스를 칠 때부터 설마설마했는데 정말이었다.

"나 멋있지!"

"……그래."

최지훈이 또다시 18세기에나 썼던 가발을 뒤집어썼다.

잘츠부르크에서 입었던 옷과는 달리 의상도 제법 그 당시의 고급품과 다를 바 없었다.

주말을 맞이해 최지훈이 자기 집으로 초대했는데, 외할아버지가 직접 데려다주었다.

최지훈의 아버지는 내 생각과는 조금 달리 멀쩡해 보였고 내게도 무척 붙임성 있게 대했다.

뭔가 최지훈을 압박하고 있어 매일 술에 찌든 모습을 생각했는데 그건 아닌 모양.

단지 얼굴이 조금 누런 게 건강은 좋지 않은 듯했다.

아무튼, 그렇게 밥을 먹고 녀석에 방에 올라갔더니 최지훈이 그 광대 같은 복장을 굳이 보여주었다.

"아버지가 꼭 나가래. 도움이 될 거라고."

"그리 좋은 생각 같지 않은데."

"왜? 멋있잖아."

"그래. 뭐, 네가 좋다면 좋은 거겠지."

에드가 드 체르민이라는 영화 감독이자 작가의 유작, '모차르트의 산책'은 모차르트의 어린 시절을 그린 영화라고 한다.

"연주 여행을 다닐 때 이야기래."

성장 드라마인가?

모차르트의 어렸을 적 이야기는 꽤 유명한데, 그렇게 낭만적이지만은 않았다.

그의 음악 세계관을 넓혀줄 중요한 경험이기도 했지만 돈이 너무 많이 들어 목적지마다 귀족에게서 후원을 받아야 했고.

함께했던 사람들이 병에 걸려 죽다 살아난 적도 있을 정도였다고 알고 있다.

"오디션을 볼 거면 토하는 연기를 연습해."

"토? 왜?"

"하루 종일 토했을걸?"

"응?"

당시를 어떻게 풀어낼지 조금 궁금하기도 하다.

'그러고 보니 꽤 여러 영화가 있다고 들었는데.'

지금까지 관심을 가지고 있진 않았지만 모차르트에 대해서도 나에 대해서도 영화가 꽤 있다는 이야기를 들어본 적 있었다.

"무슨 말인지 모르겠지만 그래서 오늘은 이거 같이 보자."

최지훈이 영화 '아마데'의 DVD를 들곤 웃었다.

1795년 빈. 여름이 다가올 무렵.

"음. 괜찮군. 이걸 낼 때는 자네 이름 앞에 내 제자라는 걸 밝히는 게 더 좋겠어."

'이 영감탱이가 어젯밤에 뭘 잘못 먹었나.'

악보도 대충 보는 인간이 내 첫 번째 피아노 3중주곡을 출판하기 전 노망난 소리를 해댔다.

"싫습니다."

열이 올라 도저히 같은 자리에 못있을 것 같았다.

문을 박차고 나왔다.

속을 달랠 겸 단골가게로 가 감미료가 든 와인을 마시는데 적잖이 취했을 때, 벗인 크라머가 내 앞에 앉았다.

"오늘도 술인가, 루트비히?"

"시끄럽고 잔이나 받게."

그의 잔을 채워주곤 잔을 들어 올렸다. 한 모금 마신 뒤 크라머가 입을 열었다.

"오전에 있었던 일을 들었네. 하이든 선생님의 제안을 거절했다지?"

"미친 소리지."

"큭큭큭큭. 자넨 그 험한 입이 문제야. 거절하고 싶었다면 좋게 말할 수도 있지 않았나."

"좋게 말하긴. 이 내가 남의 이름을 빌릴 거라 생각했나? 그런 모욕을 듣고도 정중히 거절한 건 하이든이기 때문이야. 다른 인간이었으면 당장에 주먹을 꽂아줬을 걸세."

프란츠 요제프 하이든.

거장 중의 거장.

안토니오 살리에리, 볼프강 모차르트와 함께 내 영혼을 충족시켰던 남자다.

그러나 그의 제자가 된 뒤로, 스승으로서의 그에게 실망만 하게 되었다.

악보조차 제대로 봐주지 않아 코멘트를 해준 적은 없었고, 기껏 한다는 말이 악보 표지에 '하이든의 제자 베토벤'이라 적으라니.

말 같지도 않은 소리다.

작곡가로서의 그는 더없이 존경하나 스승으로서의 그는 최악이다.

말도 안 되는 트집을 잡아다가 내 곡을 비난하질 않나, 그런 주제에 내 연주를 듣곤 감탄을 하질 않나.

도무지 종잡을 수 없다.

지금 생각해 보면 하이든 선생의 그 고집스러운 트집과 이중적인 모습이 뭔가 나를 위했던 것 같은 느낌인데.

갑작스레 떠오른 홍승일의 얼굴을 머릿속에서 지워 버렸다.

반면 완벽한 스승이었다면 안토니오 살리에리.

나뿐만이 아니라 당시 빈 음악가들의 대부이자 은사였던 그는 뛰어난 음악적 재능을 펼친 것은 물론 가난한 음악가들을 위해 교습비도 받지 않았다.

당시에는 그리 흔치 않았던 자선 연주회를 열어 직장을 잃은 음악가나 실력은 있되 인정받지 못한 음악가들이 연주할 수 있게 돕는 것까지.

그야말로 완벽한 인품을 가진.

진정한 성인(聖人)이었다.

그런데 최지훈과 함께 영화 '아마데'를 볼수록 눈을 찌푸릴 수밖에 없었다.

크레딧이 올라가고 살리에리 선생님에 대한 부정적 해석에 대해 몹시 불만을 가지고 그것을 삭이고 있는데 최지훈이 고개를 돌렸다.

"어땠어?"

"안토니오 살리에리 선생님은 저런 사람이 아니야."

살리에리 선생님에게 아쉬운 점이 있다면 이탈리아식의 오페라나 교회 음악을 주로 다뤘다는 점.

그가 만약 기악곡을 좀 더 다뤘다면 훨씬 많은 사람이 안토니오 살리에리의 위대함을 알았을 것이다.

"응. 영화는 영화일 뿐이니까. 최근에는 안토니오 살리에리에 대한 연구도 많이 되고 있대. 나도 따라갈 수 없는 천재를 대하는 사람의 이야기라 생각해. 모차르트나 살리에리는 그냥 소재였을 뿐이고."

"……."

최지훈의 말에 조금 안심하면서도 동시에 녀석이 '따라갈 수 없는 천재를 보는 사람의 이야기'라고 말하자 기분이 묘했다.

"근데 살리에리를 좋아했어?"

"어?"

"네가 예전 음악가 뒤에 선생님이라 부른 건 처음이잖아. 보통 그렇게 말하지도 않고."

눈치 빠른 녀석.

"뭐. 훌륭한 사람이었으니까."

이해한 것인지 아닌지 모르겠지만 최지훈은 고개를 끄덕인 뒤 실실 웃었다.

나를 빤히 보면서 말이다.

"왜?"

"좋아서. 우리 이렇게 같이 노는 거 오랜만이잖아. 한국 와서는 처음 보는 거라구. 아, 다른 것도 볼래? 영원의 연인이란 영화도 있어."

"영원의 연인?"

뭔가 불안하다.

"응. 불멸의 연인에 대해서 다룬 영화래. 베토벤이 편지에 남겼다는 사람 있잖아. 엄청 유명해!"

최지훈이 '영원의 연인'이란 타이틀의 DVD를 들곤 말했다.

뭔가 엄청 오래된 듯한데 용케 가지고 있다.

"대체 이런 건 어디서 구한 거야?"

"엄마가 가지고 있던 거야. 히힛."

환하게 웃는 최지훈을 보며, 녀석이 이 수집품을 보고 또 즐기는 행위가 어머니를 그리워하는 거라 생각하니 조금 먹먹해졌다.

“무슨 생각해?”

“별로.”

“봐봐. 엄청 재밌겠지!”

최지훈이 가리킨 곳에는 영화에 대한 짧은 소개가 있었는데, 내 장례식 뒤의 이야기란다.

아니, 남의 연애사에 왜 이렇게 관심을 가지는지 알 수 없다.

또 무슨 해괴망측한 상상력으로 영화를 만들었을지 상상만 해도 끔찍하다.

그런 와중에 표지에 눈에 띄는 게 있었다.

“이거 15세 이용가야. 보면 안 돼.”

“그런 거 신경 안 썼잖아!”

“애들은 이런 거 보면 안 돼. 봐. 벌써 아홉 시야. 빨리 자자.”

“치. 곡 쓸 때는 만날 밤새우면서. 보기 싫어?”

남의 슬픈 이야기를 건드는 거 아니라고 말해주고 싶었지만 그럴 수 없었기에 나는 대신 다른 영화를 찾았다.

‘안토니오 비발디’란 타이틀이다.

사계를 작곡한 또 한 명의 천재.

그에 대해서는 나도 아는 것이 많이 없었기에 관심이 있다.

물론, 실존한 인물을 다룬 영화라는 게 허구가 많이 섞여 있다는 것은 명심해야 하지만 말이다.

"이건 어때?"

"아, 응! 나도 이건 못 봤는데. 이건 2009년 영화야."

"그럼 이거 보자."

"그래. 나 화장실 좀 다녀올게. 팝콘도 가져올까?"

"응."

최지훈의 방에 혼자 남은 채 이번 추석 공연에는 살리에리 선생님의 피아노 협주곡으로 할까 생각했다.

C장조는 정말 훌륭하니까.

'하고 싶긴 한데 같이 연주할 사람들이 필요한데.'

괜한 시간과 노력을 들이고 싶지 않아 독주를 하려 했으나 모처럼 선생님이 떠올랐으니 나 혼자만의 추모식을 겸해, 안토니오 살리에리의 위대함을 사람들에게 꼭 들려주고 싶었다.

'히무라에게 부탁해야겠네.'

시간이 얼마 남지 않아 어려울 수도 있겠지만 가능하다면 한번 해보고 싶다고 생각했다.

그렇게 생각을 정리하자 최지훈이 팝콘을 들곤 방으로 들어왔다.

To Be Continued

• 부록 •

합창 교향곡에 대한 이런저런 이야기

베토벤이 남긴 마지막 완성 교향곡, 합창에 대한 이야기를 풀어내 볼까 한다.

작품 내외적으로 너무나 많은 의미와 가치를 지니고 있어, 필자의 얕은 지식과 부족한 지면으로는 모두 담을 수 없음을 우선 밝힌다.

〈다시 태어난 베토벤〉과 같이 이 글을 통해 관심을 가지게 된다면 더 바랄 것이 없다.

그럼 본론으로 돌아와, 아시다시피 서양 음악은 베토벤을 전후로 많은 부분에서 변화를 겪었다. 베토벤은 고전을 완성함과 더불어 그것을 스스로 파괴하여 후대 음악가들에게 큰 영향을 미쳤는데 합창은 특히나 더욱 그랬던 듯하다(브람스는 베토벤에 대한 존경심으로 자신의 첫 번째 교향곡에서 합창 교향곡을 연상

케 하는 대목을 넣었다. 바그너의 경우에는 합창 교향곡을 편곡하여 1846년, 150명의 대규모 오케스트라로 합창의 대중화를 선도했는데 베토벤을 향한 그의 사랑이 얼마나 지극한지 알 수 있는 그의 여러 일화 중 하나다).

합창 교향곡의 경우 제목에서 알 수 있듯이 '합창' 즉 기악곡인 교향곡에 '성악'이 추가되었다. 교향곡에서는 처음 있는 시도였고 그 때문에 '합창'이란 별명으로 불리게 되었다.

그 배경은 다음과 같다. 9번 교향곡은 1817년, 베토벤이 영국 왕립 필하모닉 협회에서 의뢰받아 1824년에 완성되었는데, 가사는 프리드리히 실러의 시 '환희의 송가'를 차용하였다. 다만 그대로 적용되지는 않았고 베토벤 나름의 방식으로 추가되기도 수정되기도 하면서 참고되었던 시에는 없는 문장도 가사로 존재한다.

현재에 들어서는 최고의 교향곡으로 추앙받고 있는데, 유네스코 세계 기록 유산으로도 등재되어 있으며, 헤르베르트 폰 카라얀의 편곡을 거쳐 EU(유럽 연합)가 유럽 연합의 찬가로 선정하기도 하였다.

제안자는 오스트리아인과 일본인 사이에서 태어난 리하르트 니콜라우스 폰 코우덴호페칼레르기 백작.

신기하게도 합창 교향곡은 일본에서 크게 인기를 끌었는데 처음에는 현재의 NHK교향악단이 연주, JOAK를 통해 알려졌다고 한다.

그때 연말에 합창 교향곡이 연주된다는 소문이 퍼진 듯한데, 이때부터 12월 31일마다 전 지역에서 합창 교향곡을 들을 수 있게 되었다는 주장이 있다.

그러나 이러한 현상이 일본에서 시작되었다는 추측은 다소 무리가 있다.

1918년 12월 31일, '평화와 자유에 바치는 콘서트'에서 합창 교향곡이 연주되었다는 기록이 있으며, 이 시기를 시작으로 자리 잡은 현상으로 보는 것이 옳겠다.

곡에서 풍기는 웅장함과 자유를 향한 갈망과 생명력 탓인지 전쟁, 혁명, 올림픽이나 국제 박람회 같은 여러 역사적 사건과 함께하기도 하였다.

그중에서도 베토벤이 살아 있다면 치를 떨 일도 있는데 바로 아돌프 히틀러의 생일에 연주되었다는 것. 나치 정권은 그들의 전쟁을 '위대한 베토벤을 수호하는 전쟁'이라 선전하곤 했는데 누구보다도 자유와 평화를 사랑했던 베토벤이 알았더라면 그 괴팍한 성정에 무슨 일을 저질렀을지 알 수 없다.

초연은 〈다시 태어난 베토벤〉에서도 두 번 언급되었는데, 2악장이 끝나자 관객들이 기립 박수를 보냈다고 한다. 당시 베토벤은 청력을 모두 잃은 상태라 동료를 통해 고개를 돌려 관객들의 반응을 확인할 수 있었다고 한다.

모든 연주를 마친 뒤의 박수도 마찬가지였는데 재밌는 일은 관객들이 다섯 번이나 기립 박수를 보냈다는 사실이다. 동료들을 통해 두 번의 박수는 확인할 수 있었지만 나머지 세 번의 기립 박수는 볼 수 없었던 베토벤과 당시 관객들의 상태를 짐작해 보면 여러 재밌는 이야기가 떠오르기도 하다.

유명한 연주로는 헤르베르트 폰 카라얀이 지휘한 베를린 필하모닉 송년 음악회(1977년)이 있다.

〈다시 태어난 베토벤〉 제작 비화

〈다시 태어난 베토벤〉의 준비 기간은 2주 정도였고 연재를 시작하기 전에는 매우 단순한 몇몇 장면만을 그려두었을 뿐이었다.

간단한 음악 제작 프로그램으로 유명해지기, 어린 배도빈이 집을 사서 나가겠다고 말하고 그에 당황하는 주변 사람들, 그리고 주인공이 완벽하니까 성장하는 캐릭터를 곁에 두자 마지막으로 마지막은 이렇게 끝낼 거야까지.

이 4개의 아이디어를 가지고 대책 없이 연재를 시작한 게 어느덧 400화에 가까워졌다.

이번 기회를 빌려 집필 뒤의 이야기를 꺼내보고자 한다.

현재 〈다시 태어난 베토벤〉에서 가장 인기 있는 캐릭터는 배도빈, 가우왕, 나윤희 그리고 최지훈이다. 특히나 최지훈에 대한 반응은 필자의 예상을 뛰어넘어 당황스러웠는데, 초기

구상으로는 그는 사고로 손을 잃게 된다.

글을 자세히 읽는 독자라면 기억할 테지만 최지훈은 등장할 때부터 목소리가 낭랑하다는 표현이 자주 붙어 있는데 그것은 그가 사고로 피아노를 칠 수 없게 되고, 노래하게 된다는 일종의 복선이었다.

그러나 글이 진행됨에 따라 최지훈을 응원하는 목소리가 강해졌고 최지훈이 사고로 손을 잃으면서 생길 여파를 두려워하지 않을 수 없었다.

그러면서 자연스레 본래 최지훈이 가지고 있던 캐릭터가 다른 인물에게 옮겨졌는데 그것이 바로 진달래. 단행본만 보시는 분들을 위해 진달래에 대해서는 자세히 언급지 않겠지만, 그녀가 본래 최지훈이 가지고 있던 캐릭터성을 이어받은 인물임을 밝힌다.

400화까지 연재하면서 유일하게 고집을 꺾은 일이기도 하고 또 잘한 것 같아 기억에 오래 남을 듯하다.

집필 중 난감한 점

작가로서 부끄러운 일이지만 설정과 내용을 따로 기록하지 않아 생기는 일이 있어 난감할 때가 있다. 400화 가까이 연재하다 보니 당연히 기억이 드문드문할 수밖에 없고 그럴 때마다 앞에서는 어떻게 썼는지 찾아볼 때가 잦아지고 있다.

다행히 지금까지는 설정상 큰 오류는 없었지만 빌헬름 푸르트벵글러와 홍승일의 나이에 오류를 발견, 5권을 교정하면서 크게 반성하고 있다.

그 외에도 독자께서 요청해 주신 내용들에도 답변이 난감한 질문들도 있다. 예를 들어 현재까지 언급된 곡 리스트 좀 알려주세요, 라든가 도빈이가 지금까지 무슨 곡 만들었어요? 같은 질문들은 참으로 당황스럽다.

솔직히 말하면 기록이 없어서 답변해 드리고 싶어도 그것을 하나하나 찾자면, 하루하루 마감 시간 맞추기도 빠듯한 와중에 몇 시간이 허비될지 모르니 답답할 뿐이다.

때문에 메모를 남기자고 마음을 먹었으나 중구난방으로 적힌 메모지를 확인하면 '무슨 생각으로 적었지?' 하고 도리어 혼란스럽다.

이러한 사실을 아는 주변 사람들은 그러고 글을 어떻게 쓰냐고 하지만, 글은 캐릭터가 이끌어 나가는 것. 도리어 설정을 완벽히 한다는 말 자체가 어불성설이다.